未来を
決めるのは
私だから
王子様も
魔法も
いらない

とどろん

角川書店

はじめに

昔から自分の顔が嫌いだった。

この顔のせいで常に人生はどん底だった。

「死にたい」と言えば「そんなことで」と言われたけど、
私にとっては「そんなこと」が全てだった。

皆がブスだと笑うから、私は人前で笑うことも泣くことも怖くなった。

でも人の目を見られなくなり下を向くと、

「ちゃんと前を向きなさい」と怒られた。

「外見をそんなに気にするなんておかしい」

「内面がダメだから外見も悪くなる」

私の劣等感の根源である「世間」は常識人のような顔をして、
私という人間をどんどんダメにした。
この世の中はとても生きにくかった。
生きることは強制されるのに、
私が普通に生きることを許してはくれない。

でも私は諦めきれなかった。
私だって普通の女の子のように生きてみたい。
好きな洋服を着て、
誰の目も声も気にせずに街を歩いて、
大好きな苺のパフェを食べて。
それだけでいいのに。
苺のパフェも洋服も自分で買うし、
手を繋いでエスコートしてくれる彼氏もいらない。
お姫様はいいなぁと思うけど、
自分がなりたいわけじゃない。
魔法にかけられたいわけじゃなくて、

王子様に迎えに来てほしいわけでもなくて。
自分の力で頑張るから。
だから自分の好きに生きて、自分の好きな姿で死にたい。
こんな理不尽な世の中なら、毒を吐きまくってでも幸せになりたい。
お姫様が呑気に王子様を待っている間に、
他の誰でもない、私自身が私を幸せにしたい。
未来を決めるのは私だから、王子様も魔法もいらない。

目次

第1章

過去はなくならない

第2章

現在《いま》を受け入れない

第3章

未来は私が決める

第1章

過去はなくならない

泣いてばかりの日々。お姫様との差を感じるばかりで、それに嫉妬してしまう自分も嫌で、なんだかこの世界全てが嫌い。現実を見たくないからと部屋にこもってゲームをするのにも飽きた。消えてしまいたい。

私として生まれたことを呪いながら

ブスにしかわからない感情
・集合写真への恐怖
・自分を不意に映す街中のガラスへの恐怖
・SNOWを使っても可愛くならない恐怖
・イケメンを好きになることへの罪悪感
・「自分はなぜ自分に生まれてきてしまったんだろう佐々木希に生まれてくる可能性もあったはずなのになんで〜」という哲学的な後悔

私たちブスには生涯つきまとう負の感情がたくさんある。へらへらと笑いながら心の内は日々、自己否定の嵐だ。毎日見て見られることを避けられない「顔」という箇所が非難の対象になるというやるせなさ。こんな気持ちを一生抱えて生きていかなければならないなんて、私は前世でどんな罪をやらかしたんだ?

楽しいはずの旅行。「写真撮ろ〜」の友達の一声。黒歴史がひとつ増える恐怖。

出来上がった写真を見た人はどう思うだろう。また友達と顔面の差を比べられるだろうか。嫌だ。

楽しいはずのショッピング。マネキンが着た可愛い服、……の手前に映る自分の姿。まごうことなきブスだ。この姿で可愛い服なんか着られない。絶望。自分に買われた服が可哀想だと諦める。

思春期、みんなが浮き立つ恋愛話。「ブスだから」の一言で簡単に退けられる恋心。関係のない野次馬が自分の外見を詰《なじ》る。恥ずかしい。私の分際で人を好きになってごめんなさい。もうしません。

テレビの中の華々しい世界。どこから見ても美しく魅力的な人間が集まっている。私なんかが隣に並んだら公開処刑だろうな。劣等感。

全部全部、自分がこの姿で生まれてきたから。もし違う姿で生まれてきていたら、普通の顔に生まれていたら、こんな苦しみを抱えなくてもよかったのに。

「考えすぎじゃないですか？」「大げさですよ」と笑う人が羨ましい。この苦しみを理解できない人が羨ましい。この顔で生まれて周りから顔を非難されて、それでも何ともない態度と精神で生きられる自信があるのならぜひ顔を取り替えてほしい。

私には無理だったから。

絶望を買ってしまった話

1年ほど前めちゃくちゃ可愛い友達に紹介してもらった美容院に行ったら美容師に施術中ずっとその友達について「マジ可愛いっすよね！」「どうやったら連絡先聞けますかね!?」と話されて私はわざわざ金を出して劣等感を味わいに行ったのかと思ったらたまらなく悲しくなって家帰ってから泣いた

ブスの顔で生きてきて20数年。生活の中で美人と扱いの差はあれど、ある程度はもう許容範囲になった。

美人は見ているだけで癒されるし手元に置いておきたいし、優遇されるのもチヤホヤされるのも当たり前。私だって美人を目の前にすると背筋がピッと伸びる。それはもう仕方ないし「ブスにも同じ対応をしてください」なんて願えば世間にわがままだと一蹴されるのは目に見えている。でもこれだけはお願いしたい。

こっちがお金を支払っている状態で「美人が優れている」ことをわからせるのはやめてくれ。

わかってるから。日常生活で嫌というほどわかってるから。タイムカード切ったらバックルームで「あいつブスだったわ〜」って言ってくれていいから。お金を払って「お客さん」と「店員」という立場でいるうちはせめて不快にはなりたくない。ましてや劣等感で泣くなんて、お金を支払って必要のない悲しみを味わうなんて言語道断。それならベッドの上で誰とも話さず何の面白みもない1日を過ごす方が1万倍マシだ。

店員に好かれたいわけでもない。連絡先を聞かれたいわけでもない。自分を可愛いと褒めてほしいわけでもない。

ただ、日頃から抱えているストレスや負の感

情を増幅させることをやめてほしいだけだ。

一流ホテルのような接客なんて求めていないし、美容師なら髪を切ってくれれば十分だ。当たり障りのない会話をしよう。「今年夢の国行きました〜？」とか「タピオカって美味しいですよね〜」とか、そんなのでいいから。欲望むき出しの会話はまだ早い。話のネタがないならもう黙って息だけしててくれ。

可愛い友達のこと大好きだし見てて癒されるしずっと一緒にいたいと思うのは本当なのにその子が可愛いねって褒められているときはどうしていいかわからなくて自分が恥ずかしくなって消えてしまいたくなってその子のことも嫌いな気がしちゃう

自分がとてつもなく嫌になるときがある。友達に嫉妬してしまったときだ。ブスな自分が悪くないことはわかっている。と同時に、可愛い友達が悪くないこともわかっている。なのに、友達が隣で褒められているときどうにもならない感情が湧いてくる。

自分が可愛いと言われたいわけじゃない。友達を貶《けな》したいわけでもない。「可愛い」という一生自分に向けられることのない賞賛の言葉と、それを日常的に受ける人間がいるという事実。すぐ隣に華々しく知らない世界があるという劣等感。「そんなことないよ」と友達は笑う。いとも簡単そうにあしらう。いいな。いいな。私も一度くらい可愛いと言われたかったな。目の前のこの人にじゃなくて。そんな小さな話じゃなくて。

「可愛い」と言われても普通に言葉を返せる人間に生まれたかったな。ずるい。ずるい。私なんか普通に生きることすら難しいのに。「ブス」と詰られて生きてきたのに。毎日前を向くことすら怖いのに。そんな気持ちを一生抱えることなく更に上の幸せを他人から貰えるなんて。それが日常だなんて。自分も同じように賞賛されたいというわけじゃないけど、だけど、私がほしいものを当たり前に持っているのが、ずるい。

言い様のない思いが次々とこみ上げてくる。そして、こんな思いを友達に抱えている自分にとてつもない嫌悪感が湧いてくる。大好きな友達に。大切な友達に嫉妬するなんて。

自分は外見も悪ければ心も汚くて、救いようのない人間だ。死んでしまいたい。次々と湧いて出る気持ちがどす黒く心の中に積もり、外に出すこともできず自分を汚く染めていくような気がする。

悩みって1年したらだいたい忘れてるもんなのに、顔が醜いって悩みだけは20年以上一度も消えたことがないのすげえよな

平常運行もブスだけど風邪ひいたときはこの世のものとは思えないほどドブスなので「お見舞い行こうか?」と言われても断る以外の選択肢がない。美人なら顔のことなんて気にせず誰かにそばにいてもらえるのに。心細い

頭が単純だから薬飲んだ1秒後に
プラシーボ効果で
風邪が治った気がするし
霊が憑《つ》いてますよって言われたら
マジ……？　お祓《はら》い行かなきゃ……
ってなるのに、
自分の顔だけは
人がいくら褒めてくれても
認めてあげられない。
いつ終わるんだろう、醜いな

ふわふわでレースのついた
女の子らしいものが大好き
なのに、
「それに囲まれた自分」を
否定されるのが怖くて
嫌いなふりをしちゃうの
悲しいよね

ダイエットとか整形とか、美容に関する新しいことに挑戦するとき毎回「これでブスを脱却できるかも……」と淡い期待を抱くけど一度も叶ったことがない

初めてカラコンを買ったときのことは今でも覚えている。当時流行っていた真っ黒なカラコン。雑誌のモデルさんが「チワワみたいな目になれるョ★☆オススメ」と書いていたので買った。特殊な瓶に入っていたので開けるのに30分くらいかかったが、ドゥルンと姿を現したカラコンに触って大興奮し、やっと大変身のとき！　と意気込んで目に入れた。

……何これ。めっちゃ痛い。すげぇ沁みた。そしてでかかった。綺麗になるの

に代償はつきものだな……と悟ったような気持ちになりながら鏡を見ると、そこには**子犬のような目をしたブスが映っていた**。

ンン？？？　なんか想像と違うぞ……。カラコンひとつでアゲなギャルや守ってあげたい清楚系女子など自由自在にイメチェンができると雑誌には書いてあったのに……。たしかにコンプレックスだった犯罪者のような目つきは解消されており眼球だけはとても可愛いのだが、鏡を何度見てもそこにいるのはあくまで「黒目がちなブス」だ。それ以外の何物でもない。「これでブスを脱却できるかも……ギャルもカラコンが手放せない★☆って言ってたし、すごく顔が変わるものに違いない」と思っていたが、現実はそう甘くなかった。

カラコン以外にも、アイプチや整形、流行していたダイエット法など色々試してきたが、毎回淡い期待を抱くものの根本の「ブス」という要素をかき消してくれるものはありはしなかった。やはり美への道のりは甘くない……。そう思うブスであった。

「眉毛で顔は変わる！」「髪の巻き方でいい女に！」系の情報って最初はウワァーッて感動するんだけど顔の造作《ぞうさく》が変わるわけじゃないから風呂入った後との落差がどんどん大きくなって結果すっぴんの顔でいられなくなりさらに自信が失われるという負の連鎖

カラコンでの挫折後も、ブスなりにメイクやヘアーアレンジなどを学んでいた。どれを試してもブスであることに変わりはなかったが、それでも少しでも変化があればと様々なものに手を出した。

しかしその過程であることに気づく。努力すればするほど、現実との落差が広がるばかりなのだ。抜きすぎて細くなっていた眉毛をしっかり描いたとき、「顔が明るくなった」と思った。その日1日はるんるんだったが、結局お風呂で洗顔した後は当たり前にいつものまろ眉だった。次の日にはまた描かないといけない。

とある日はこなれた髪の巻き方を教わった。「顔が小さく見える」と思った。帰ってシャンプーをしたらいつものナスのような輪郭が出てきた。小顔はひと時の夢だった。

結果私は、着飾ることでオフモードとの落差ができ、自分がブスであることをさらにわからされた。


着飾り自分を美しく見せることは間違いなく努力だ。「綺麗になったね」と褒められれば嬉しいし、それで自分を認められるならもっと嬉しい。しかし24時間365日着飾っているわけにもいかない。自分を美しく見せることが上手くなればなるほど、自然体の自分とのギャップが激しくなってくる。

いつのまにか濃いつけまつ毛を付けるようになった私は、洗面台で化粧を落として、鏡を見て、あまりの落差に驚く。素の自分が今までよりブスに見えてくる。美しくなれるものならなりたいのに、その努力がマイナスの感情に変わって自分を否定するジレンマ。

素の自分こそが一番近いはずの「自分」なの

に、それを受け入れられなくしているのが
他でもない自分だと思うと心が苦しすぎ
る。

深海魚に人間の化粧を教えられましても

一重まぶたにも二種類あると思ってる。すっきりクールな印象の一重と深海魚みたいな一重。私は言わずもがな後者だったんだけど、雑誌に載ってる「一重でも盛れるメイク♡」みたいな特集は前者のまぶたを持ったモデルしか使っていないので見るたび参考にならなくて絶望してた

一重まぶたがコンプレックスだったとき、色々な人に言われた。「今はアイプチとかもあるし整形する必要ないよ」「一重を生かしたメイクもあるよ」。そんな言葉を信じて、「可愛くなれる」「盛れる」と言われる方法は全て試した。クソ高くて怪しいマッサージ機や数え切れないほどのアイプチも試した。だが、全てダメだった。「私、アイプチのプロだから！」と言っていた友達も私の分厚いまぶたにはお手上げだった。もうカッターでまぶたを切ってやろうかと思った。私の

まぶたは本当に本当に分厚いのだ。

集めた数々の二重グッズの説明書には、私とはまったく形状の違うまぶたが載っている。うっすら二重の線がついているまぶたや、「これはもう奥二重だろ。一重とは言えないだろ」とツッコミたくなるすっきりまぶた。私のまぶたに似ているものはひとつもなかった。**このまぶたならこれを使わなくても指でゴシゴシ擦《こす》っとけば二重になるわ**。

悔しかった。「誰でもぱっちり二重に！」とか、そんな広告に踊らされて望みをかけてしまった自分が悲しかった。


雑誌の「一重でも盛れるメイク♡」みたいな特集もそうだ。紙面を飾っているのは涼しげな目元の美人。そりゃこの一重なら盛れるわ。化物レベルに目つきの悪い、私のような目が盛れる様を期待したのに。雑誌のこれは化粧技術の問題ではない。だいたい誰がやっても綺麗になる。なぜなら綺麗な一重まぶただから。これは釣りだ。完全に釣られた。

お願いだから、藁にもすがる思いで「盛りた

い」と願ったブスの気持ちを弄《もてあそ》ばないでくれ。

流行りの原宿ファッション
・美人が着る↓個性的な人
・ブスが着る↓パンチの効いたブス
なぜなのか

インターネットで、「服は顔で着る」と言った人がいた。一般的に見た「イケメン」と「ブサイク」に同じ服を着せるようコラージュした画像がソースとして上がっていた。正直認めたくはないし残酷だが、言い得て妙だと思った。たしかに私自身、友達が着ていたときは輝いて見えた服が、自分が着た瞬間に色褪《いろあ》せる、という経験を何度もしてきた。そういうことだったのか、そうだよな、と悲しいかな納得してしまった。

最近は個性的な服がたくさんある。その中でも膨らんだスカートやフリルが可愛いロリータ服は、かなり「顔で着られやすい服装」だと思う。「可愛い」の集合体のようなファッション性なだけにブスが着ることを許してくれない人も多い。

私はブスだが一時期ロリータファッションに憧れていた。ゴリゴリのロリータは着る勇気がなかったのだが、ある日少し控えめなフリルのついた洋服を買って着てみた。すると例のごとく、「似合ってない」とバカにされた。みんなこれくらい着ているではないか。自分の好きな服を自分のおこづかいで買って、自分で袖を通して、歩いている。ただそれだけなのに何でそんなことを言われないといけないんだ。

同じ服でも美人が着れば「ファッション」として成り立ち、ブスが着ればあくまで「ブスが変な服を着ている」としか見られない。ブスの立場から、悲しいがそれが現実だと感じる。

ブスは「好きな服を着る」ことで他人に迷

惑をかけているだろうか。

そんなことはない。でも、世間はそれを許してはくれない。本当はもっと可愛くてフリルのついた洋服をたくさん着たかった。

せっかく作られたお洋服も自分に着られたらかわいそうだ。きっと皆もそう言う。美人が着てくれた方がこの服も喜ぶし良さが生かされるだろう。この顔でドレスは着られない。

私（ブス）がコスメカウンターに行くと思うこと

・マンツーマン怖い
・どんどん買わされる
何これ金なくなる
・何この鏡めっちゃ毛穴はっきり映る
・キャンメイク何個買えるだろう
・BAさん綺麗すぎない？？？
・シンプルに自分ブスすぎない？？？？？？
→この辺で帰りたくなるが逃げられない

服を買うのが苦手な理由

・選ぶのに長時間歩くのがしんどい
・センスがないので組み合わせを考えるのがしんどい
・一気にお金がなくなるのがしんどい
・店員さんの「お似合いですよ〜」という無責任な褒め称《たた》えがしんどい
・試着室の鏡に映る自分の顔がシンプルにしんどい

ブスにしかわからないあるある
・ブスすぎる悲しみで鏡を叩き割る
・合コンに行きたいが自分が明らかなハズレ要員になるので相手に失礼かもと悩む

・永遠に来ない「自分が美人になったら」という未来を想像してニヤニヤする

・美人のメイク動画を参考にするも顔の土台が違いすぎて泣く

世間では恋愛＝ワクワクするものって扱いなのに何で私は苦手なんだろうって思ってたけどブスだから異性に拒絶されることが多すぎて好きになっても成功率が圧倒的に低いからだと気がついた。そりゃラスボスどころかスライムにすら勝てない勝率0％のドラクエプレイしても苦しいだけだもんな。納得

たまに恋愛がしたいと思う。彼氏がほしいと思う。でもいたらいいなというだけで、自分から探しに行くまでに至らない。合コンや街コン、マッチングアプリなど現代は様々な「出会うツール」があるのにそれらを使う気にもならない。どうせ上手くいかないのだから、そんなことに時間を費やすくらいなら他のことがしたい、と思ってしまう。

周りの女の子を見ると「恋愛」ってとても簡単なものに見える。「好きな人ができた」と聞いた翌週には「告白された」と付き合っていたりするし、恋をしている彼女たちはとても楽しそうだ。それなりに努力をしているのもわかるが、私がする「眉間に皺を寄せるような努力」とは違うように見える。可愛くて、前向きな頑張り方だ。

私も恋をしたことがないわけではないが、基本的に人任せだ。告白されたら付き合い、流れに身を任せる。自分から好きになった人に告白したり遊びに誘ったりすることはあまりない。

そんな受動的な人間になってしまったのにもわけがある。多感な学生時代、「ブス」と暴言を吐くのは圧倒的に男子が多かった。街中で声をかけられ、振り向くと「うわー！　ブスじゃん！」と知らない人に笑われたりもした。

「男性はブスが嫌いなんだ」。私の脳みそにはそうインプットされた。

好きな人に「お前はブスだから付き合うとかはないな〜」と冗談交じりに言われたこともある。自分とは比べ物にならない可愛い子と付き合いたいと相談をされたこともある。

好きな容姿の人と付き合いたい、好きなものを手に入れたいと思うのは人間の性《さが》なので彼らの気持ちを否定するつもりはないし、彼らが私のトラウマを植え付けたとも思わない。ただ、そういった経験の積み重ねが徐々に自分に劣等感を募らせ、「恋愛は叶わなくて当然のもの」と学んでしまった。今更それを覆すこともできず、「どうせまた失敗するのなら」と人を好きになることも容易でなくなってしまった。

勝率0％とわかっているRPGなら最初の村で何か身になることをして過ごしていたほうがいい。ラスボスは倒しに行かないし、王子様も探さない。

二次元に恋してたときこの人は私を否定しないし見た目で判断しないし大好きって思ってたけど、それは意思を持たない紙だからでもしこの人が現実にいたら私なんかには見向きもしないという事実に気付いて私はヲタクを卒業した

私は外見のコンプレックスがMAXだった学生時代、猫とアニメにどハマりした。二つの共通点は「人を顔で判断しないこと」だった。

アニメの中のキャラクターはまさに私の理想そのもので、その世界の中なら恋愛をしても誰にもバカにされないし否定されることもないので最高だった。携帯やテレビや漫画の中にいつでもその人はいる。自分で描けばどんな甘い台詞も言ってくれる。触れることはできないが、問題はそれだけだった。

ある日、ふと考えた。「○○君って現実にいたらどんな人だろう」。その頃の私は少しおかしくなっていて「その人に会いたい」という気持ちが大きくなっていた。彼を具現化したい。この辛い現実に召喚したい。その一心で妄想を掻き立てていた。

だが考えていくうちにふと思った。**召喚したところでこの人は私を愛してくれるのか？**

絶対に愛してくれない。それどころかこの人がもし現実世界にいたら、所属するのは確実に私に「ブス」だの「もやし」だのと暴言を吐いたあのスクールカースト頂点のグループだ。文化祭や体育祭などのイベントで異常な程のやる気を出し、卒業式では号泣し、放課後はフードコートに集合しポテトで数時間粘り騒ぎ他人に迷惑をかける、私が一番苦手な集団。まごうことなきリア充だ。

だとしたら、もはやそれは私の好きな人ではない。加えて私はただ単に現実世界に一人のイケメンを生み出したしがないヲタクでしかない。その人はきっと可愛い彼女を作って私のことなど見向きもしないし、なんならクラスの男子と同じように私に暴言を吐くかもしれない。そう思ったら、なんだかスッと熱が冷めた。

この一連の妄想自体、今思うとどうかしてるとは思うが、私の推しも現実にいたらただの男であるという現実に打ちのめされた若い日だった。

「性格のいい美人」と言われる人が裏でとんでもない暴言を吐いたり人に危害を加えているのを幾度となく見てきた。それでも表面だけを見たら心まで綺麗に見えるから先入観って残酷だなと思う

「美人は内面も良い」「内面が悪いからブスになる」と言う人がいる。ブスだからこそ、その言葉を信じて清く正しくいようと努力したこともある。でもそんな綺麗事は嘘っぱちだと、私は幾度となく現実を叩きつけられた。

知り合いは男にだらしなく、常に自分本位で愚痴ばっかりだった。加えて口が悪く、西新宿駅前にいたホームレスの人を見て「汚い」「いなくなればいいのに」と聞こえるように暴言を吐いていた。

でもその顔は誰が見ても美しかった。普通に学校生活を送って、普通にアルバイトをして、普通に恋愛をし、友達付き合いは良かった。それだけで性格も「サバサバしていて」いいよね、と評判だった。残酷だなと思った。確かに彼女は口を噤《つぐ》めば美しく、暴言を吐く人間には見えなかった。

第一印象が良いこと。人を傷つけても良い方に解釈されてしまう理由はそれが大部分だと思った。もちろん友達付き合いの上手さなど他にも関係する要素はあるだろうが、あまり交流のない同級生からも彼女は羨まれる対象にあり、内面がどんなにどす黒かろうとこの美しさの前ならそんなことは霞んでしまうのだと思い知らされた。もちろん仲良くなれば表面上のイメージなど消えてしまうのだが、たとえ第一印象だけでも輝いて見えるのがいいなと思った。

悪魔の顔をした天使と、天使の顔をした悪魔だったら皆はどちらを信じるだろう。

「美人は内面も良い」「内面が悪いからブス

になる」と頑《かたく》なに信じている人は他人の内面の何を知っているのだろう。

「内面は大事」と謳いつつ先入観だけで「ブス」＝「内面が悪い」と判断する人は矛盾していないだろうか。

美人にだって良い人がいるし悪い人もいる。ブスにだって良い人がいるし悪い人もいる。

美醜関係なくピンキリ。同じ人間なのだから当たり前のこと。

生まれたときから宝石を持っていた君が羨ましい

美人は美意識が高い人が多いって言うけど、そりゃもともと綺麗な宝石をぴかぴかに磨くのは楽しいだろうなと思う。ゴツゴツの石を数年がかりで磨き上げてやっと滑らかな石になるのがブス。そりゃ心折れるわ

ブスがブスであることを嘆くと、「美人は努力してるんですよ」とまるでこちらがなまけているかのように言われる。違う。私もブスなりに努力しているが結果が見えにくいだけだ。体は細いし肌もプルプルだが、生まれ持ったものが悪すぎたので目立たないのだ。そんな人生を送っているから、時々愚痴を吐きたくもなる。

でも、私はもし自分が美人だったら今の倍頑張ると思う。例えば肌がガサガリな美人だったら。だらしない体の美人だったら。それこそ磨きがいがあるというものだ。何なら美容に気を遣っている自分の姿すら公開したいと思う。「私、努力して更に美に磨きをかけちゃいました☆」と言いたい。もともと綺麗な宝石を磨き上げる作業はとても楽しいと思うから。

私も私なりに努力はしているが、今、やっと「普通のブス」くらいのレベルだ。これでも昔よりだいぶマシになった。工事現場に落ちているゴッツゴツの石を拾い上げやすりがけをしまくって、道端に落ちている石くらいのレベルになったようなものだ。宝石にはどんな手を使っても一生なれないだろう。

長年努力した自分より当たり前に他人が上なのだ。たまには心も折れる。私だって生まれながらにキラキラの宝石を持っていたかった。それを笑顔で毎日磨いて、楽しく自分を輝かせたかった。でも叶わないから、ブスなりに眉間に皺を寄せて頑張っているんだ。

どうあがいても偽物と言われる苦悩

ブスは必死で稼いで整形して痛い思いしないと美人になれないしどうせなったところで整形だ整形だと非難されるけど、生まれながらの美人はそのお金をオシャレに使えるしこんな理不尽な痛みも抱えなくていいし整形美人のことをズルだとか言うんだよね

ブスはどうにもならない。ブスのまま笑いをとって生きれば「いじっても良いヤツだ」と認識されいつまでもブス扱い。目立たず生きれば「ブスのくせに性格まで暗い」と言われ、可愛くなろうとメイクや服を研究すれば、「元がダメだから」とディスられ、整形をすれば「親にもらった体なのに」とか「どうせ整形だろ」と非難される。

美人とブスの経済格差は３０００万円以上と聞いたことがある。周りからの扱いも最悪なのに、お金まで損して、その分を努力で埋めようとしても非難される。完全に詰みである。

美人はどうだろう。まず整形費用はいらない。その分のお金を他のことに使える。それをコスメや服に使えば、美に磨きがかかる。ブスが必死に越えようとするラインを軽々と越える。というか、元々越えている。その上でどんどん進んでいく。ブスがどんなに走っても追いつけない速さで。そして整形の痛みに耐える必要もない。ダウンタイムで仕事を休まなければならなかったり、失敗のリスクに怯えたりする必要もない。ブスからしたら羨ましいことだらけだ。こちらが水面下でもがいている間にどんどん飛び立っていくのだから。

私がＳＮＳで受け取った整形美人を非難する声の中に、こんなものがあった。
「整形美人はズルをしているのでそれによって天然美人の価値が下がることが嫌です」と。？？？？？？？？？？

どちらかというと、私には天然美人の方がチートのように見えた。たまたま親から良いアバターを貰っただけではないかと思ってしまった。もちろん、美しくいるために努力していることは承知の上だが、それならその領域に元ブスが踏み込むことくらい許してほしい。そうでないと、ブスは一生報われないではないか。

・美人の「整形したい」→今のままでもいいけどこうしたらもっと可愛くなるかも（プラスから更にプラスへ）

・ブスの「整形したい」→自分の顔が化物に見える写真撮りたくないみんなと顔の構造が違う普通に生活がしたい人の目を見て話したい顔のことを気にせず生きていきたい（マイナスからゼロへ）

・節約する美人↓しっかりしてる！　結婚しても安心だな！
・節約するブス↓ケチくせえ！　貧乏性！
・ダイエットする美人↓やっぱり綺麗な人って努力してるんですね！
・ダイエットするブス↓必死ｗｗｗ　無駄な努力乙ｗｗｗｗｗｗｗ

なぜなのか

お姫様も皮を剝げば同じ肉塊なのに

ブスだって半分だけチョコをかけた苺とか薔薇の形で出てくる泡の入浴剤とかフリルのついた洋服とかラインストーンがたっぷりついたネイルとかふわふわのぬいぐるみとか好きなんです中身は「可愛い女の子」と一緒なんです

ブスでいて辛いことのひとつ。好きなものを好きと言えないこと。容姿で悩んだことのない人は「悪いことじゃないんだから堂々としたらいいじゃん」と呆れ顔をする。まるでこちらが度胸のない人間とでも言うように。違う。言おうと思えば言えるのだ。けれど、言うことで自分を無意味に傷つける可能性があるから、「わざわざ言う必要もないか」と口を噤むだけ。

本当は可愛い服を着たいし自己紹介で苺が好きだと言いたいし、ぬいぐるみを抱いて寝たい。でも外見が醜いだけで「顔と服が合ってない」だの「勘違い」だの、「ぬいぐるみが可哀想」だの、罵倒してくる人がいるから。悪気なく「ブスは可愛いものを身に着けてはいけない」とわからせてくる人がいるから。だからフリルのついた服をしまって、カジュアルな服を着て、好きな食べ物に当たり障りのないものを挙げて。ぬいぐるみはクローゼットに隠しておく。

自分自身でなくても、他人がそんな理不尽なことで責め立てられているのを「明日は我が身」という気持ちで見ていた。

あるとき、いわゆる「インスタ映え」の写真をSNSに投稿していた人が、顔バレして叩かれていた。「イメージと違う」「こんな顔で写真を載せていたのか」「途端に世界観が崩れた」と、皆がその人をバカにしていた。わけがわからなかった。

なぜ作品と顔の美醜が比例していなければ責められるのだろう。可愛いものを可

可愛く撮った作品を公開するのに顔まで可愛くないといけない理由があるだろうか。

今まで許されていたことがなぜ途端に許されなくなるのだろう。ブスはブスと認識された瞬間、可愛いものを好きと言うことすら許されないんだ。恐怖だった。そういう経験を数え切れないほど積んで、こんなにも臆病になってしまった。

可愛い女の子も皮を剝げば私とほぼ同じ。だから好きになるものが被っても仕方ない。でも、私がこの顔でそれに言及した途端、世間の多くの目が厳しくなることを私は知っている。だから、悪いことではないとわかっていても、必要以上にアピールはしない。カジュアルな服を着て好きな食べ物に当たり障りのないものを挙げて。ぬいぐるみはクローゼットに隠しておく。

ブスは生まれながらにして色々と損をしているのに更に「ブスなんだから性格くらい良くしろよ」と我慢を強いられる可哀想な生き物です

ＳＮＳでブスなことを嘆いたり愚痴を吐いたりすると、「ブスなのに性格まで卑屈で可哀想」「ブスのくせに性格まで悪いんですね」と言われる。性格が悪いというのはもしかしたらそうなのかもしれないけど……「ブス」でまず評価が減点されているのが悲しい。ただ「性格が卑屈ですね」「性格が悪いんですね」だけでも**「お前誰だよ」**とは思うのに、そこに顔の評価を加えられるとより一層腹が立つ。顔が悪いことは関係ないじゃん、と言い返したくなる。

「ブスだからせめて性格は良くしなきゃ」「私ブスだしそういうのは遠慮しときます」「ブスだから肌には気を遣ってるんです」等々、ブスを悪いことのように扱う台詞が世の中には溢れているけど、それもよくよく考えるとおかしくないか？

ブスなことで誰かに迷惑をかけたか？　かけてないよな。なのになんでそんなひっそり謙虚に生きないといけないんだ。まぁ自主的に思う分には良くても、周りがそれを強制したりそういう風潮が当たり前になってるのっておかしくないか？

「ブスなんだから」の一言で向こうが正しいみたいになるの、すごく悔しい。

「上の下」とか「中の上」とか人の顔を上下9段階で表すのって誰が考えた？　これのせいでわかりやすく気軽にブスって言われるはめになったしこの言い方ちょっと面白いみたいな空気になるから評価してくる側がいつもドヤ顔なの腹立つ

美人とブスはスタート地点が違うということがわかる例

【美人の場合】

性格×→性格悪いけど美人だし（プラマイゼロ）

性格◎→顔だけじゃなくて性格もいい（プラス）

【ブスの場合】

性格×→性格悪いしブスだし良いとこない（マイナス）

性格◎→性格いいけど顔がな〜（謎の上から目線＋プラマイゼロ）

世の中のイメージ

▼性格の悪いブス

・ブスの「くせに」性格まで悪い

・性格捻じ曲がってるのが顔に表れてる

・良いところない

▼性格の悪い美人

・怖い

・逆らえない

・顔はいいのにもったいない

・小悪魔↑!?

・むしろギャップがいい↑!!!??

ふざけるな

人生というプレイ時間約80年&自由度100%、セーブ無しのゲームでアバ

ター選べないとか
クソすぎ。リセマ
ラさせてくれ

ブスは日頃から神経すり減らして生きて

るから税金免
除してほしい

美人税はたんまりと

仮に私が美人だったとして美人税があっても喜んで払うしブス割引デーがあったとしても怒らない。トータルで見たら絶対美人の方が得だし安く生きられるブスの人生がいい人は整形してブスになればいいじゃん！ 美人も大変なんです〜って困ってる人もいるくらいだしちょうどいいじゃん！ 美人税取ろうぜ！

私が美人だったら。そんなことを幾度となく考えた。好きなメイクをしてフリルのついた服を着て、何も気にせず街を歩いて好きな人ができたら自信を持って話したい。ブスな自分にとってこれは夢のような話だ。でも一生叶うことはない。美人はいいなぁと思う。

ある日誰かが言っていた。「美人税」を取ったら良いと。たしかに理にかなっていると思った。前にも書いたように美人とブスでは一生のうちの経済格差が3000万円もあると言われているし、ブスは整形費用など美人にはかからないコストがかかりすぎる。

「美人でいるメリットより税金を払うデメリットの方が大きいと判断した場合は整形してブスになれば免除される」というシステムにすれば、ブスがお金を払わないと美人になれない現状と見合って平等なのではないかと思った。

勘違いしないでほしいのだが、本気で「美人がムカつくから金よこせ」と言っているわけではない。あくまで外見による損得の差を上手く均《なら》すならこうだろうという仮想話だ。現状、ブスにとって損な事柄があまりにも多すぎるので、経済という面で釣り合いを取ったらどうだろう？　という机上の空論なのであまり深くは考えなくていい。

でも、もし美人税があったとしても私は美人の方が得だと思う。昔の私のようにブスだからと自信を持てず人生を無駄にするくらいなら、お金を払って好きに生きた方がマシだ。

ダイヤモンドの隣の石ころに憐れみを

オイ美人ども、よく聞け。お前らが美人美人と囃《はや》し立てられチヤホヤされるのも私らブスがいるからだからな。比較対象となるブスがいなければお前らの美しさになんの価値もねえ。ブスは良い奴なんだ。敬え。私たちが慎ましやかなブスとして良い生活を送れるよう一人500円ずつ募金しろ

私はよく「なんでこんなにブスなのに生きてんだろう」と考えるときがある。サークルの飲み会で、隣に座っている同級生が「本当に可愛いね」と褒められまくっている。私も「本当に可愛いよね〜」と合わせるが一向に話が終わらない。私エキストラ？　この飲み会にいらなくね？　なんで生きてんだろう。友達とのツーショットをSNSに載せたら知らない人からコメントが来た。「〇〇ちゃんは可愛いけど隣の人（私）はなんか顎が長い！」なんで生きてんだろう。

私の人生は常に引き立て役で、私が劣等感を抱える代わりに誰かが承認欲求を満たしていた。二十歳を超えた今でこそ皆「建前」というものを知ってフォローしてくれたりするが、学生のときなどは地獄だった。今思うと全員を殴りたい。そしてその場だけでもしっかり笑って空気を乱さないよう努力した自分を褒めてあげたい。

この世界にブスがいなくなったらどうなるだろう。途端に美人の価値が下がる。美の基準は恐ろしいほどに上がり、今まで「美人」と褒め称えられていた人の内、一定数は「ブス」という扱いになるだろう。今まで着られていた服は「似合わない」と非難され、街では知らない人からの突然の罵倒に驚くだろう。そう思うと、今私たちが存在して縁の下の力持ちとして土台を支えていることに感謝してほしい。そんな理不尽な世界で生きていながら、いざ引き立て役に使われても笑顔でその場を乗り切って家で泣いているその健気《けなげ》さを認めてほしい。あわよくば、「いつもありがとう」と500円くらい募金してほしい。

たまに無性に可愛い子が見たくなって突発的にアイドルのライブ行ったりインスタで画像漁《あさ》ったりしてウホウホするんだけど、一通り満足したのち「考えてみたら同じ人間なのか……」と絶望感で胸がいっぱいになる。わざわざ自爆しにいってる。アホ

可愛い子は目の保養だ。存在しているだけで価値がある。私の言う「外見主義の世の中が嫌い」というのはあくまで外見によって攻撃されたり何かが許されなかったりすることが嫌いというだけで、可愛い子が輝いて癒しを届けてくれるシステムが完備されているこの世の中は有難いと思う。

私には好きなアイドルが数人いる。ライブに行くほどではないが、定期的に新

曲のMVをチェックしてニヤニヤする。「あぁ〜今日も可愛いなぁ」「どこで止めても可愛いなぁ」と思いながら5分ほどのMVを見終わると、何だか気分が盛り上がってしまってその子のTwitterやInstagramを見て自撮りを保存しまくり、それをロック画面に設定し見つめてまたもやニヤニヤする。こうして文章にすると普通に気持ち悪い。でも一通りそれをして満足したのちふと思う。この子も同じ人間なのか……。

それを考え始めてしまったらもう楽しい時間はおしまいだ。自分はこんなに目が小さくて鼻も低くて、そのくせ輪郭はナスみたいに面長でバランス最悪で、写真を撮るにしても決まった角度からじゃないと化物みたいになってしまうのに、この子は歌って踊りながらでもこのクオリティー。やっぱり前世かな？　前世で何かしたのかな？

さっきまであんなに楽しくMVをチェックしていたのに……感情ジェットコースターかよ。しんどい。最初から見なければよかった。この繰り返し。

可愛い子の写真を見て「ほんと可愛いなぁ目の保養！保存保存」ってなるか「こんな可愛く生まれてきたらどれだけよかっただろう…

……鬱だ……私はなんでこんなブスなんだろう……」ってなるかで自分の精神状態がだいたいわかる

ブスがTwitterのタイムラインから
そっと存在感を消す〇〇の日一覧
・2/2（ツインテールの日）
・2/22（猫の日）
・5/6（ゴムの日）
・5/10（メイドの日）
・7/7（ポニーテールの日）
・10/1（メガネの日）
・12/25（クリスマス）

美人も大変なんです！　アピールにブスが思うこと
・ストーカーに遭う→ブスも遭う
・痴漢に遭う→ブスも遭う
・顔目当ての異性がたくさん寄ってくる→誰も寄ってこないよりマシ
・同性に嫉妬される→優れすぎて妬まれるなんてむしろ羨ましい
・モテすぎて大変→黙れ

顔がいい人がその顔を異性と遊ぶためだけに使ってるのまじもったいない……私なら多種多様な場面でそれを生かすことができるのに……ちゃんと活用するからその顔くれ……

【お願い】美人は自分の謙虚さをアピールするために自分をブス呼ばわりすることを今すぐやめてください。あなたの承認欲求が満たされる代わりにどこかのブスが死んでいます

他人に写メ撮ろうって言われると「この人は自分の顔がデータに残ることの恐怖を今まで一度も感じることなく生きてきたんだないいな」って妬ましい気持ちになるのやめたい

「写メ撮ろ〜」

この一言だけでブスは本当にいろんなことを考える。ブスに写ったらどうしよう。他の子より一歩下がりたいけどそれで「ブスのくせに小顔効果狙ってんなよ」と思われたらどうしよう。

もういっそのこと変顔するか？　むしろその方が真顔より盛れる気がする。真顔とか変に作った顔で写ってめちゃくちゃブスだったらやばい。それどうせインスタとかTwitterに上げるんだろ？　「消して」とも言えないし半永久的に残って、それを見た知らない人が私を指差して「なんかこいつだけブスじゃね？」とか言って笑いのネタにするんだろ？

ああ、私も楽しく撮りたいのにな。こうやって色々考えてしまうの嫌だな。この子はこんなこと考えないんだろうな。どう撮っても普通以上に写るっていいな。羨ましいな。

なぜ写メが嫌なのか。自分がブスに写る可能性が高いからだ。普通以上に写るのなら、その日1日を過ごした記念として、大好きな友達との日常の一コマとして残しておきたいという気持ちはある。でもコンプレックスがそうさせてくれない。

「写メ撮ろう」と言われるのは自分との思い出を残したいと思ってくれているということだし本当に嬉しい。でもどうしても自分からは言えないので、その台詞をさらっと言える相手を羨ましく思ってしまう。本当にわがままだ、と自分でも思う。

◆あなたにとっては娯楽なのかもしれないけど

ブスにいきなりカメラ向けてそのデータを無断でインスタのストーリーに上げるという黒歴史と悲しみを生むだけで1円にもならない**無意味な行為**そろそろやめません?

楽しく遊んだあと、友達のSNSを見て不意に自分の顔が映ったときの絶望感。**化物やないか**……。これが現在全国に発信されていて、自分の力では削除もできず公開処刑のように晒しあげられているという事実に顔がカッと熱くなり心臓が嫌な鳴り方をする。逆に友達はなぜこれを上げて大丈夫だと判断したのだろう。私が叩かれる可能性とか考えなかったのかな……と友達への不信感も募っていく。

お願いだから「撮るよ」「アップロードするよ」の二言をください。それさえ言ってくれればせめて半目とかの事故は防げるし、それでとんでもないブスが公開されても許可したのは自分だからいいかって思えるんです。でも自分の知り得ないところで公開されているとわかった瞬間、裏切られたみたいな気持ちになるんです。そんなつもりじゃないと頭ではわかっていても。

それを上げることであなたに何の利益も出ないというところが逆に怖いんですよ。SNSを更新することで仕事に繋がったりお金が発生したりする芸能人とかならまだ理解できるけどそうじゃないから。あなたが娯楽のつもりでやっていることが私にとっては死活問題というところにまた格差を感じて劣等感へと繋がるんです。あと、後から「消して」と言うと「なんで？　可愛いじゃん」「気にしすぎだよ」と突っぱねるのもやめてください。それは私の顔なので。

近年、SNSの普及によって肖像権の扱いが軽くなっていると感じる。盗撮行為のほとんどは容認され、それを騒ぐと「大げさだ」とこちらが責められることもある。さらに、

ふいに向けられたカメラに満面の笑みをし

たりモデルばりのキメ顔をしたり、一般人にも「自信」というスキルが求められるようになった。でもブスがやりすぎると「勘違い」と叩かれるから、加減が大事。とことん生きにくい世の中だ。

友達との思い出は残したいし写真や動画を撮ること自体を悪いとは思わない。ただ大切なのは「相手への気遣い」。この一言に尽きる。

アイドルの不意打ち他撮り写メって気を抜いてるときに他人に撮られたにしては美しさのクオリティーが異常でブスサイドとしては死にたくなるから「今からぼーっとするからいい感じに撮って」って本人が頼んだ仕込みだと思い込んで精神を落ち着かせる他ない

不意に写メを撮られたとき「無理
マジ無理他撮りとかありえねえま
た黒歴史がひとつ増えた最悪これ
だからブスの気持ちがわかんねえ
奴は嫌いなんだよこいつとは縁を

切る」って思うけどいざ写メ見て
意外と盛れてたときは世の中も捨
てたもんじゃねえなサンキュ好き
ってなる感情ジェットコースター
女です

醜形恐怖症で整形依存なのに自撮りするの？　って言われること多いけどたまにするよ。自分を認めてあげられる一枚が撮れるんじゃないかって期待して。ブスも「ブスに写った写真」が嫌いなだけだし画面の中だけでも美人になるならそりゃ嬉しいよね

よく自分を醜形恐怖症だと公表している人に向かって「本当にそうなら自撮りなんかしないよね」「そんなこと言ってキメ顔してるし自分大好きじゃん」と文句を垂れる人がいる。

「醜形恐怖症」と聞いて多くの人が思い描くイメージって、「自分の顔が化物に見えて自分の顔を見ることや見られることに恐怖を感じる病気」みたいなことだと思う。だからきっと自分のことを進んで写真に残したりそれを公開することに

疑問を持つのだろうが、何も可笑《おか》しなことはない。

例えば私も醜形恐怖症だが、家のテーブルの上に常に鏡を置いている。自分の顔を見たくないことは確かなのだが、顔が変じゃないか、直さなくてはいけない箇所はないか、そんな気持ちが渦巻いて常に鏡を見ていないと落ち着かないのだ。ご飯を食べているときもテレビを見ているときも常に鏡は目の前にある。他のものを見て、それと同じだけ鏡を見て、変なところがないか確認して、変だと思う箇所があればそこが新たなコンプレックスとなる。その繰り返しだ。

他人がその心情を知らず光景だけを見たらおそらく、「自分の顔ばかり見て相当なナルシストだな」と思うだろう。しかし私は

鏡の中の自分を見ることで快楽を得ているわけではなく、言うなれば鏡に縛り付けられているのだ。見てその日少しでもマシな自分が映っていれば安心するし、逆にダ

メならどこがダメかを気が済むまで探す。「昨日より良い自分」を期待する気持ちの表れなのだと思う。

自撮りもそうだ。ダメな自分が写ったら死にたくなるけど、良い自分が写ったらすごく嬉しい。だから最低限、角度や表情にも気をつける。最近の自撮りアプリは何でも出来てしまうので、私でも画面の中でなら「可愛く」いられる。至高の作品が出来上がったときは、その「可愛い自分」を皆に見てほしいと思う日もあるだろう。一見矛盾しているように見える一連の行動は、自分を認めてあげたいという向上心ゆえのものだ。自分に自信がないからこそ、自分が少しでも安心でき自信が持てるように「実績」を探し求めるのだ。

「大人になれば皆性格重視になって美人とブスの差なんてなくなりますよ」という励ましよくあるけど、たとえ将来外見の優先度が下がって他人の美しさに価値が無くなったとしても今このとき自分自身がブスと言われて傷ついた記憶とか劣等感ってなかなか消えないから全く以《もっ》てそういう問題じゃないんだよね

第2章 現在《いま》を受け入れない

何だか腹が立ってきた。なんでブスだからって何かを我慢しないといけないんだろう。少しくらい「世間」に歯向かってもいいのではないか？「世間」が言うことは間違いだらけだ。このまま潰されるくらいなら、毒を吐いてでも進もう。

私（ブス）にとっての合コンは「恋愛に発展すること前提で出会った男女の中で自分が明らかにハズレと思われている空気感に耐え普段以上に慎重にサラダを分けるかレ

モンをかけるか等の駆け引きに揉まれ最終的に自分だけ一人で帰宅するという劣等感を味わう負け戦」なので人数合わせに誘うなら時給ください

可愛い子の「自分のことわりと可愛いと思ってるけど謙虚に思われるためにブスって言っとこう」精神、上手く自信ない系女子を演じてるつもりかもしれないけどブスは敏感にその本心を感じ取ってるからな。大概にしろよ

よく勘違いをされるのだが、私は「美人」や「可愛い子」が嫌いなわけではない。見て癒されるものに価値があるのは当たり前だと思うし、私自身美しいものは大好きだ。恵まれた外見を持っているにもかかわらず「自分ブスだから……」と言っている子に関しても、本当にそう思っていると感じたらおこがましくも「仲間じゃ〜ん」と嬉しがる。だが、

許せないのは「自分のことを可愛いと思っているのにここぞというときに私ブスだから〜と言うことで謙虚な自分をアピールしたり周りに慰めてもらおうとする女」だ。

ブスはその空気に耐えられない。「そんなことないよ可愛いよ」と一応フォローはするものの、内心、**私の方がブスじゃ！　いっつもそうやってブスの領域にヒールで入ってきて土地を踏み荒らしてサクッと楽しんで帰っていくんだよお前は！　慰められたいのはこっちなのになんで私が「可愛いよ〜」ってわかりきったこと言わないといけないんだよ満足そうに微笑みやがって！**　と思っている。

こちとらブスを20年以上やっているので、仲間か否かはなんとなくわかる（つもり）。普段の言動や、「ブスだから」と口にするタイミング、声色などでどういう意図なのかはわかる（つもり）。**ていうか女子ならなんとなくわかるよね？**

そんな感じで、「ブス」という言葉を巧みに使って自分の評価を上げようとする女は嫌いだ。本物のブスに対してとても失礼だしぶっちゃけ周りもフォローするのが面倒臭いから。やめてください。

明らかに自分が可愛いのか
わかっている感じの子が
私ほんとブスだから……って言って
周りがそんなことないよぉ〜！
って
フォローする流れ
めちゃくちゃだるい。
2回目までは許してるけど
3回目からは来世
本当のブスに生まれる呪いかけてる

可愛い子が
する気もねえのに
私も整形した〜い！
って言ってくるの、
整形ブスからしたら
死ねって言われるより
ムカつく

「性格って顔に表れるんですよ。ブスな人は性格も捻《ひね》くれてる」理論、私より美しくて私より心が汚い人を死ぬほど見てきたからマジで信じてない。性格を変えたら変わるのは雰囲気だよ。改心して出家したところで骨格変わると思う？

「内面を変えたら外見も変わりますよ！」とドヤ顔で言ってくる人がいるけど、言われるたびに**「それ本気で思ってる？」**って心配してる。本当に？　本当にそう思ってる？　じゃあアイドルとか女優とかモデルとか、美しさが重要視される仕事で食っていけてる人は皆性格が良くて綺麗な心を持っているってこと？　優しい顔つきをした人は皆信じていいってこと？　そしたら平和だね？　悪いことを考えたら悪い顔になるなら詐欺師なんていなくなるね？

結局、「ブスは性格も悪い」とかいう意味不明な理論振りかざして人を非難したいだけなんだよね。

性格で変わるのは雰囲気だよ。姿形が変わるわけじゃない。**性格変わったら二重まぶたになりました☆とか性格変えたら面長の輪郭が卵形になりました☆とか言われたら信じるのかよ。頭の中ハッピーセットだな。**もしそんなことで顔が変わるなら整形いらないしメイクもいらないし誰もダイエットしないよ。

もう1回聞くけど本当にそうだと思う？　そうだと思うなら今すぐ出家して美しくなるところを見せてくれよ。

鏡よ鏡、毎朝驚かせるのはやめておくれ

ブスは3日で慣れる？ 20年以上この顔と過ごしてきた本人が毎朝鏡見てびっくりしてんのに他人が慣れるわけないだろ寝言は寝て言え

「美人は3日で飽きるがブスは3日で慣れる」という言葉があるが、そんなわけがないと思う。私が自分の顔に未だに慣れないからだ。私は視力がとてつもなく悪いのだが、朝起きて顔を洗ってコンタクトを付けるとびっくりする。その日の精神状態にもよるが、「え、こんなにブスだったっけ……？」と思う。20年以上生きてきてこれだ。赤の他人が3日接したくらいで慣れるわけがない。

逆に美人が3日で飽きるというのも信じがたい。私自身Instagramで美人の写真を見たりするのだが、そんな短期間では飽きない。添えられているのは意味のない「in Harajuku……」などの文字でその人の人間性は知ったこっちゃないが、それでも美人というだけで目の保養になる。「こうなれたらいいのにな」と夢を膨らませてくれる。そして私以外にも、その人を見続けているたくさんのファンがいることをフォロワーの数が物語っている。

この言葉に限らず「ブスにもメリットありますよ～」という気休めは本当にやめてほしい。「男は高嶺の花よりちょいブスの方が好き」とか、「ブスはストーカーの心配がないから得」とか。**へぇ～そうなんだ！　じゃあブスの方が得だな～よかったぁ！　これからは楽しく生きよう！**　となるわけがない。

普段からこっちは嫌というほど損をしている。いきなり「ブスにもこんな良いところがあるんだよ！　良かったねぇ」と言われたところで納得できるわけがない。寝言は寝て言え。

ギャップが命

美人が思い切った変顔しただけで異常に賞賛されるのは何なの？　ブスは毎日変顔して歩いてるようなもんなんだぞ

いつからか「ギャップ」という言葉が流行りだした。大人しそうな女の子がピアスを開けていたり、ギャルっぽく見えた子がピアノを習っていたり、そんな「見た目のイメージと中身が違う」というただの不一致に魅力を感じる文化が根付いている。わかる。私もギャップは好きだ。いつも明るい女の子が闇を抱えているのとか大好き。

でも、美人が変顔しただけで異常に褒められるのはよくわからない。逆に変顔できない美人をディスるのもわけがわからない。各々のさじ加減だろと思う。SNSとかで「美人なのにそんな変顔しちゃうところが好きです！」「なんか親近感湧きました」ってコメントしてる人いるけど、顔崩しただけでそんな感動されるのかよ。すげえな。それなら私も毎日変顔して歩くから褒めてくれ。

そもそも美人って、変顔しても元が整っているからそこまで変にならない。変顔のレベル的にはブスの方が上なはずなんだ。面白いはずなんだ。

でも、「ギャップ」。その一言。変顔の極意はきっと、普段との差なんだ。それが大きければ大きいほど賞賛されるんだ。**芸術点でいえばこちらの方が上なのに。悔しい**。

というか美人が変顔しているときの顔面レベルの方が私の真顔より上かもしれない。ならばもはや真顔でいても褒めてほしい。私は何で張り合っているんだろう。こんなことでしか張り合えない自分の顔面が恨めしい。

ブスあるあるをツイートするとたまに「そういう卑屈なこと言ってるからいつまでもブスなんですよ」みたいなリプが来るんだけどツイートの内容で顔が変わるなら毎日「道端に咲いていたお花が綺麗でした☆」とか顔面整いそうなこと呟くわボケ

私はいわゆる「ツイッタラー」だ。ブスであるが故の苦悩を言語化してＳＮＳに書き、見知らぬ誰かに共感してもらうことで今までのモヤモヤした気持ちを笑いに昇華できていると感じる。自分の中だけにあると思っていた悩みが誰かの中にもあることを知る喜び、そして仲間同士共感し合い愚痴り合いスッキリする、そんな安らぎの場をひとつ増やせたという達成感。それが楽しい。私にとっては心の中の闇をひとつずつ成仏させてあげているという感じだ。

そんな日々の中でよく言われるのが、「そういう卑屈なこと言ってるからいつまでもブスなんですよ」みたいなこと。初めて言われたときは「？？？？？」となった。SNSに発信することは私の中で「前向きな行動」の一環だったから。卑屈？　なんのこっちゃ。という感じだった。

そして次に湧いてくるのは「卑屈なことを書くからブス」という理論。**？？？？？？？？？？**　え？　じゃあ何？　毎日「お花が綺麗☆」とか「今日は流星群が見られるんだって☆　家族みんなで見に行きます☆」「みんな、ご老人には優しくね☆」とか書いたら美人になれるってこと？　**書くよ？　そんなので今までの20数年間悩んできたことが解決するなら書くよ？**

え、でも私の友達の裏アカウントすごいけど。毎日愚痴だらけだけど。でも美人だけど。すごい美人だけど。

中身と外見は比例しない。もちろんSNSと外見も比例しない。むしろ比例した

らいいのになって思うよ。そんなことで変わったら今頃苦労してないもん。

ネットでよく人の顔に対して「ごめんなさい、私の好みではないです」とか「悪いけど可愛いと思わないw」とか言ってる人を見るけど、言われてる側からしたらお前に好かれたいなんて微塵も思ってないだろうしまずお前誰って感じなのにしゃしゃり出て謝って、自分の存在を大きく見積もりすぎだと思う

ブスあるあるをネタにしたとき「美人も大変なんです！　興味のない男性にうんぬんかんぬん」みたいな反論をしてくる自称美人はそんなに大変なら整形してブスになったらいいと思うしそもそも他人が辛いことを笑いに昇華させて楽しむことすら許せず自分語りしちゃう余裕の無さから察するにたぶん美人じゃない

私（ブス）のツイートに「顔にコンプレックスがある女の子はそう思うかもしれないね……でも僕は女の子ってみんな可愛いと思うんだ☆笑顔が大事だヨ(^o^)/」みたいなリプ送ってくる男、初対面で馴れ馴れしく声かけて上から目線のアドバイスで親切にした気でいる所が人一倍ブスを見下してる感じがして無理

「ちょうどいいブス」とかいう言葉がある。高嶺の花なら尻込みしてしまうような男でも、ちょっとブスだと落としやすいと感じるらしい。その心理を利用したモテテクニックもあるくらいだ。ブスは普通の女より、良く言えば「絡みやすい」。

私はもともとSNSで「マイナスなことを考えちゃダメです！」とか「前向きに考えないと！」など思想の押し付けをする人が苦手だ。別に書く分には構わな

いのだがそんな文章で解決するはずもないので、相手も相手で時間を無駄にしているのではないかと心配になってしまう。

それに前向きな人も時には後ろを向きたくなるし、現実世界でできないことや言えないことを発信できるのがSNSなのだから、人の「絶望したい時間」を奪わないでほしいと思ってしまう。悪意がないのはもちろんわかっているので、あくまで「苦手」というだけだが。

そんなポジティブコメントに「理解」と「異性」が足されると不快度指数が上がる。SNSでの「あなたのことがわかっているよ〜」という偽物の「理解」。**絶対わかってねぇだろと**ついツッコミたくなってしまう。

そして、**「僕は女の子ってみんな可愛いと思うんだ☆笑顔が大事だヨ(^o^)/」**というような「異性」感を出してくるのも苦手だ。「男である自分もこう言ってるんだから自信持って☆」と、なぜかこちらがいつの間にか評価されている感じがたまらなく不快だ。**いや、わかってるんだ。心配してくれてることは。ありがとう。**でも苦手なことに変わりはない。ごめん。

「顔をネタにして笑いをとるブスは強い、素晴らしい」みたいな風潮なんなの？　女芸人が昔いじめられてたけどコンプレックスを武器にして大成功しました、とか美談のようにテレビでやってるの虫唾《むしず》が走る。問題そこじゃねえだろ、理不尽さを我慢して努力して幸せになったら加害者の罪が帳消しになんのかよ

「顔が醜い」と言われることを武器にする強い人がいる。女芸人と呼ばれる人たち。私は彼女たちを尊敬している。自分の外見を罵られ自らそれを笑いに昇華しなければならない辛さを知っているからだ。自分の外見を否定し続けることがいかに自分の心を削っていくかを知っているからだ。

実は、陰湿なキャラだと思われている私にもそんな時代があった。外見への悪

口を自虐に変えて笑いをとる。自分はブスだと開き直り、悪口を自ら「いじり」へと変える。正直オイシイという気持ちはあった。このキャラは男女問わず仲良くなりやすかった。「明るくおおらかで面白い人」という印象がすぐにつく。でもいつも自分を否定しているようで、「やっぱりブスだよなぁ」とふとしたときに落ち込むことが多くなった。皆が笑ってくれるから。空気が読めない奴だと思われても嫌だから。そのキャラでいることのメリットが心の傷の深さを上回っていた。

「女芸人はそれが仕事だろ」とか「本人たちもいじられたがっている」とか、それはそうだと思う。だが、そうして自分を輝かせるに至るまでの道筋はそれぞれで、中には暗い過去を持つ人もいる。

ある日、とある女芸人がテレビでお笑い芸人になったきっかけを語っていた。それは幼い頃のいじめだった。「ブス」と言われ笑われても、それをバネにして頑張った彼女をテレビの中の人々は賞賛したが、私は疑問を感じずにはいられなかった。

スポットを当てるべきはいじめ被害者の成

功談ではなく加害者の罪の方では？

と思った。いじめられていた過去に打ち勝ったことは素晴らしい。今それを武器にして仕事ができていることも素晴らしい。だが、メディアがそこを美談として語るだけで伝わるのは、「**頑張った被害者**は報われる」ということだけだ。

本来は頑張らなくても、いじめられるなんてこと自体あってはならないのに。まずなぜその人が悲しみを抱えていたか。なぜ彼女が人の倍頑張らなくてはならなかったのか。その理不尽さを伝えてほしい。それ無くして終わらせてしまっては、「理不尽に傷つけられても我慢して努力すること」こそが美談だと世間に植えつけられてしまう。

間違っているのはいつでも加害者側なのだ。お願いだから、美談として語ることでその罪を霞ませないでくれ。

本当は、「成功したから、あれも良い経験でした」じゃないんだよ。許すことや理不尽な悲しみを我慢することは正義じゃないんだよ。「本人が許しているんだからそれでいい」と言う人もいるけど、それは被害者の懐の深さにあぐらをかいているだけ。被害者が許そうが許すまいが、やったことは消えない。だから、美談として語らないでくれ。問題はそこじゃない。

上手く隠された呪い

「ブスでも性格を明るくして前向きになれば可愛く見えてくるものですよ☆」とか言うけどそもそも会ったこともない人に「内面を変えろ」とアドバイスをする時点で「ブスは性格が悪く考えが卑屈」っていう先入観抱えて来てるだろ、お前を始めとした世間のそういう姿勢がブスを苦しめてるんだよ

多くの人は「人間は顔じゃない」と言う。「人を見かけで判断するな」と言う。「人間の外見より中身を見ること」こそ美徳だと語る。だが実際はどうだろう。

例えば、SNSで自分がブスであることを公表する。同じ境遇の人と気持ちを共有したいとか、それによって伝えたいことがあるとか、理由は様々。だが、SNSにはそんな気持ちと裏腹に「ポジティブマン」が頻出する。こちらの悩みは

赤の他人にアドバイスを貰って解決するほど単純なものでもないのだが。そんな人たちがいつも言うのが、「ブスでも性格を明るくして前向きになれば可愛く見えてくるものですよ☆」という旨のアドバイスだ。

なぜ私に会ったことがないのに、「性格を明るくして前向きに」だなんて言えるのだろう。現実では「ブスでも底抜けに明るく楽しく生きてる人」かもしれないではないか。「ブス」という文字面だけを見て内面までこういうものだと決めつけた、あなたが一番外見で人を判断しているのでは？　と思ってしまう。善意の押し付け自体が私にとって気持ちのいいものではないのに、とんだ二次被害である。

「あぁ、やっぱりブスはそう思われてるんだ」と落胆する。加えて、この理論だと「前向きに明るく楽しく生きているけどブスなことだけが気がかり」な場合は打つ手なしという二段オチ。どこまでも救われない。

「ブスでもそれを武器にできるほどメンタルが強くて性格も良くて人気者になれるほどのタレント性を持ち合わせた素晴らしい人がい

る」という例外を盾にして普通に生きているブスが愚痴をこぼすと「努力が足りない」「卑屈」と責める世間が嫌い

目が小さくて悩んでるときに「メイク映えするからいいじゃん!」って言ってきた女がいたけど学校メイク禁止だよ
鼻が低くて悩んでるときに「小さい鼻は外国ではすごく人気だからいいじゃん!」って言ってきた男がいたけどここ日本だよ

たまにこんなブスでも褒めてくれる「良い人」がいる。こちらとしても本当に有難いし嬉しいのだが、たまに「本当に褒めるところがなかったがなんとか絞り出した励まし」を受け取るときがある。

日本人顔の私にとっては「メイク映えするからいいじゃん!」がその代表格だが、これは大人になっていればまだいい。私は小学生のときにクラスの可愛い女の子にこれを言われ、**「気を遣わせてしまって本当に申し訳ない……」**という気持ちと「**じゃあメイクできない今はどうしたらいいんだ**」という気持ちが同時に湧いた。頑張って褒めてくれた子に対してこんなことを思うなんて性格が悪いのかもしれない。でも正直、惨めになるだけなので無理して褒めてくれなくていいと思った。

私の低い鼻を見て「小さい鼻は外国ではすごく人気だからいいじゃん！」と言ってくれた男性もいるが、結局は今いる日本では高い鼻の方が人気なのだから意味がないということだ。

褒めてくれたことは嬉しい。でもむしろ私（ブス）にとっては「外見の悪口を言わないでいてくれること」がもうすでに嬉しい。なのでそれ以上私を喜ばせようとしなくていい。

アァ〜褒めたいけどこいつ目小さいし鼻も低いし輪郭もゴツくて良いとこねぇなァ〜どうしよ〜あっ鼻低いのって外国ではウケ良いじゃん！　それ言お！って考えを巡らせてくれたのかな……とか思うと申し訳なさで爆発しそう。お願いだからそれ以上私のためにエネルギーを使わないでくれ。ありがとう。

優しい人がブスを必死でフォロー
してくれてるのがわかるセリフ
・リス顔っぽい！
（かわいい動物にたとえることに
よって美醜の話題から逃れる）
・え、全然かわいいよ！

（一瞬の間と「全然」による曖昧な形容）

・脚細いから大丈夫だよ！

（顔と関係のない所を褒めてくれるけど実際顔は大丈夫ではない）

ダイエットで可愛くなったからって「整形なんてしなくてもダイエットの方が変われるよ！」って整形否定する人も嫌いだし、自分が整形して成功したからって整形しなよ！　って勧める人も嫌い。可愛くなる方法は人それぞれ。自分の頑張り方を人に押し付けるもんじゃない

友達にスムージーをすごく勧められた経験がある。ちょうどダイエットにスムージーが効果的だと言われ始めた時代で、粉で作るタイプのもの（これはもはやスムージーと言っていいのか？）がどこに行っても売っていた。友達はスムージーを飲んだところとてもお通じが良くなり痩せたらしく、周りによく**「スムージー飲みな！　スムージースムージースムージー」**と悪徳勧誘のように言って回っていた。私もその子と買い物に行くと「見な！　スムージー！　これ飲むと痩せるから買い

な！」と言われ、結局一袋買った。今思うと友達は悪魔か何かに取り憑かれていたのかもしれない。結局私は数杯飲んで、その商品を特に良いとも悪いとも思わなかったので引越しのタイミングで捨ててしまった。友達には合っていたのだろうが、私には粉と水を混ぜて飲むというだけの簡単な行為すら続けることができなかった。

というか私は別に痩せたくなかった。「可愛くなりたい」と一口に言っても、その方法はたくさんあると思う。痩せて綺麗に見える人もいればふくよかな方が綺麗に見える人もいるし、濃いメイクが似合う人も薄いメイクが似合う人もいる。理想形も人それぞれ。「どんな自分になりたいか」でその方法は変わってくる。

友達は悪意なく、自分がいいと思ったものを勧めてくれただけ。それはわかっているが、押し付けはやはり良くないと思った。

各自合う方法で、自分なりに頑張ればいいのだ。

相手の体を気遣うわけでもなく「整形!? そんなの甘え! メイクで変われる!」とか「脂肪吸引!? 甘えないでダイエットしなよ!」とか言う人、このご時世に

「汗水垂らして足で営業しろ！パソコン⁉　そんなもの使って楽するな‼」って言ってきたブラック企業の上司に似てる

新しい服を着たりメイクを変えたりしたときに「えっなんかすごい似合ってる！　私可愛い!?」って思ったのに自撮りするとそこにはいつも通りのブスが写ってて？？？？？　ってなるの何なんですかね

ブスな私にも稀《まれ》に「今日なんか可愛い」と思える日がある。例えば新しい洋服を下ろした日。メイクを変えた日。えっなんか可愛い……？　もしかしてブス脱却？　なんか〇〇ちゃん（好きなアイドル）にちょっと似てる気がする！　と一人で盛り上がり何度も鏡を見て鼻歌を歌いながら準備を済ませる。上機嫌そのものである。そしていざ家を出るとき、こう思う。

「**あ、自撮りしておこう**」。この自分史上最高の私を残しておきたい。なんなら今日撮った写真を遺影にしてほしい。帰ってきてからでは崩れてしまうので今撮ろうと、るんるんでカメラを構える。

……**なんということでしょう**。そこにはいつも通りの自分が写っている。まごうことなきブスだ。それどころかおしゃれに気合を入れすぎたせいか顔面だけ悪目立ちしていて平常時よりバランスが悪い。？？？？？？？？？　さっき鏡で見たときは可愛かったのに……？　もう一度鏡を見る。

？？？？？？　ブスだ。あれ？　さっきのは何？　目の錯覚？　私、もしかして寝ぼけてた？　不思議なことに、一度ブスと認識してしまうとその日はもう自分のことを可愛いと思えないのである。カメラを通してひとときの夢が覚めてしまった。そう思う他ない。

他にも、

「可愛く見える鏡」と「ブスに見える鏡」があったり、家では可愛いと思ったのに外で見たらブスだったたり、この短時間の間に見

た目が変わる現象は何なんだろう。

鏡も、どうせぬか喜びになるなら嘘なんかつかなくていいのに、時々夢を見せてくるから残酷だ。

「20年以上悩んできた顔が一晩で変わるはずがない」と毎回わかってはいるのに、期待せざるを得ない。鏡よ鏡、「明日起きたら可愛くなってたらいいのにな」というブスの純粋な心を弄ぶのはやめてくれ。

ブスあるある

今日なんか顔の調子いい！　メイク上手くいった！　髪の毛も完璧！　ワイ可愛い‼　ワイを見て！！！！

↓街中でふとガラスに映る自分

↓ブッッッッサ！！！！！！！

なんでなん

ショートヘアーの誘惑

可愛い子のショートヘアーに感化されてセミロング〜ロングが安パイだとわかりつつも毎回髪を切ってしまい後悔するブスたちへ。「わかる」

私は外見主義の世の中が嫌いだが、それは「ブスだからといって差別するな」「ブスだからといって出来ないことがあったり攻撃されるのはおかしい」という話であって、実際可愛い子は大好きだ。可愛い子がしていることは全部可愛く見えるし、可愛い子が身につけている洋服は買いたくなるし、可愛い子がしている髪型はしたくなる。あろうことか、「これを真似すればこの子に近づけるのでは……?」と思ってしまう。この短絡的な思考によって今までの人生で数え切れないほど過ちを犯してきた。

私に似合うのはセミロング~ロングの茶色。このスタンダードな髪型が一番無難だ。ゴツい輪郭を隠してくれるし、パーツの配置の悪さが目立たない。たまに派手な色を入れたりするときもあるが、わりといつもすぐに戻してしまう。

そう、カラーは戻せる。だが、毎回失敗するのはカットだ。ショートヘアーの可愛い子を見て、ろくにセットの仕方も学ばずに「ああなれるかも」という希望と勢いだけで切ってこけしになる。この経験を数え切れないほどしてきた。毎回毎回同じ結末なのに、なぜ騙されてしまうのだろう。髪の毛の長さを変えて顔まで変わるのなら、私は20数年も悩んでいないとわかっているはずなのに。

結局いつもどうにもならなくなってエクステをつける。伸ばしていた自分の髪の毛は戻ってこない。毎月高いお金を出して毛を編み込む以外方法はない。

あーあ。なんで切っちゃったんだろう。次は絶対ロングにする。と、毎回同じことを思っている。

【美容院・出版社各位】

ヘアカタログに美人ばかり使わないでください。全部可愛く見えてしまいとんでもない失敗をしてしまうブ

スがいます。ブス専用のヘアカタログを作って現実的に似合う髪型を提案してくださいどうかお願いします

ブスだけを載せたブスによるブスのための雑誌を出してほしい。「深海魚みたいな目を人間に近づける方法」や「すっぴんになった

とき皆に気を遣わせない話術」など実用性のある特集、付録は運気の上がる勾玉《まがたま》ストラップ

可愛くてスタイル良くて肌が綺麗で髪がサラサラで性格も良い非の打ち所がない美女を見るたびに実はめちゃくちゃへそが臭いとか背中に剛毛がびっしり生えてるとか、どうか見えないところに欠点があれと願ってしまう

生きているとたまにとんでもない美女に出会うことがある。手足が華奢で、髪がサラサラで、肌も綺麗で顔のパーツの配置も良くてどの角度から見てもキラキラ輝いている。その上ファッションセンスもスタイルも良くて性格まで完璧。**え？　私と同じ人間？**　私なんて外見も内面も問題だらけなのになんでこんなに完璧な人間が存在するの？　パワーバランス崩れすぎじゃない？

私の顔は平面だしパーツはひとつも整っていないし配置も悪い。加えてファッションセンスは皆無だし何を着てもダサい。もちろん美女が努力しているのはわかるけどまず生まれ持った毛穴とか骨とかパーツとか眼球とかその配置とか諸々違いすぎる。

神様はなんて不平等なんだろう。私が母親の子宮からひとつも持って来られなかった「美」をこの子はいくつも持って産まれてきている。「天は二物を与えず」とは何だったのだろう。私は二物どころか一物も持っていないけど、数え切れない「物」を持った人間が目の前にいるじゃないか。嘘つきめ。

頼むからどこかで帳尻を合わせてくれ。そうじゃないと神様に嫌われているとしか思えない。やっぱり前世何かしたのでは？　自分の存在価値がいよいよわからなくなってくる。皆が平等に命を授かって生まれてきた奇跡の子だと証明してくれ。

私の目に彼女の欠点は見えなかったから、見えないところに何かあってくれ。それによって生まれ持ったステータスの差を少しでいいから縮めてくれ。あまりに今の差は大きく開きすぎている。そんなことを思っても実際は欠点なんてないのかもしれないけど、自分がステータス激低で割り振れるポイントもない「可哀想な人間」だなんて思いたくない。願うだけならタダだから。

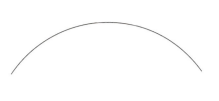

ブスの猫好き率は異常

私は猫が大好きだ。実家でも一人暮らしの家でも飼っている。猫に触れるとふっと嫌な感情が飛んでいく気がする。たとえ噛まれてもだっこさせてくれなくても大好きだ。

猫のいいところはまず「人を顔で判断しない」ところだ。こちらがどんな顔をしていようと甘えるときは甘えてくれるし、怒るときは怒る。常に平等で、人間のようにブスに対して吠えたりしない。懐《なつ》けば寝起きのブサイクな顔にもキスしてくれるし、だるだるの体でお風呂から出てもきちんと出迎えてくれる。

いいところの二つ目は「散歩がいらない」ところだ。ここが犬との圧倒的な差。ブスは基本的に外が嫌いだ。他人に自分の顔を見られることが怖いので極力外には出たくないし、長年募った劣等感のせいでコミュニケーション能力が皆無なので「わんちゃん可愛いですね」とでも話しかけられようものなら死んでしまう(精神が)。動物を連れているとコミュ力も意識も高い人に声をかけられやすいので怖い。私のような人間には、「散歩がいらない」という要素は神でしかない。

いいところの三つ目はビジュアルだ。ふわふわで肉球がふにふにで柔らかく、目が大きい究極のベビーフェイス。自分の顔を見ていると1日1回くらい気が狂いそうになるのだが、ひとたび猫を見れば心が安らぐ。可愛い。

正直「ブスの猫好き率は異常」というのは私の独断と偏見だったのだが、ブスで醜形恐怖症で生き物を大切にできる人には猫をぜひおすすめしたい。トイレは自分で覚えるし餌代もそんなにかからないし一緒に寝てくれるのでさみしくないですよ。猫がケガをしてしまうのが怖いので、顔を見て発狂して鏡を割ることもなくなりました。おすすめです。……**ん? これ猫の宣伝本?**

美人「仕事頑張ってるのに
(顔のおかげで評価されてると
思われるのが)つらい……。
正当に評価されたい」

ブス「仕事頑張ってるのに
(ブスなので仕事の出来も然《しか》り
職場で人間としてナメられないように
更に頑張らないと
いけないのが)つらい……。
正当に評価されたい」

私(陰キャブス)が
絶対仲良くなれない人の
LINEの一言

・だいすき。
・さよなら。
・今までありがとう。
・もう誰も信用しない。
・周りに恵まれすぎてる。
・日々成長。
・since. 2019.7.31〜

◆出来レースの恋愛物語なんてつまらない

少女漫画のヒロインが「どこにでもいる普通の女の子」って設定なのに実写化したらいきなり美女になるの混乱するからやめてほしい。「なんかお前、今日可愛いな」ってそりゃ可愛いだろうよ日本国民の9割くらいが可愛いって思ってるわお前の感性は正常だよってツッコミ入れたくなっちゃう

少女漫画あるあるある。原作では「どこにでもある学校」で「どこにでもいる女の子」と「どこにでもいる男の子」がする「どこにでもある恋愛」を描いたはずの物語が、実写化した途端「美男美女だらけの学校」で「その中でも群を抜いて可愛い男女」が「理想的なカップルになるまでの出来レース」になる。

わかってる。わかってる。映画的に。テレビ的に。メディア的に。可愛い女の

子を使う他ないということは。平々凡々な顔の一般人をヒロインに起用しても話題にならないことは。美女を起用するのはその作品をより良いものにするための、映像を万人受けするものにするための制作側の努力。

わかってる。だが、十分に理解した上で言わせてもらいたい。**物語が全然頭に入ってこない**。何度か少女漫画が原作の映画を観に行ったことがあるが、正直私の捻くれた頭ではそらそうだろうな！　の連続。まったく内容を覚えていない。

偶然の出会いから始まった恋？　そらそうだろうな。男側もこんな美女一度会ったら忘れないし手に入れたくもなるわ。「なんかお前、今日可愛いな」？　そら可愛いよ。可愛いもん。お前の感性は正常だしむしろ今まで気づかなかったのがやばいよ。何ふと気づいてときめきました！　みたいな。もっと早く気づけ。「可愛いライバルが出現。私なんか敵わないよ……」？　大丈夫。敵うから。あんたヒロインに起用されるほど可愛いから。ライバルと違うのは顔のレベルっていうか系統だよ。あとは好みの問題だから安心しな。

等々、「美しい」という余計な情報のせいでツッコミどころ満載になってしまう。皆が「壁ドンやばい♡」とか「キュンキュンする〜」とかとても素直に作品を楽しんでいる中で、その境地に至れずどうでもいいモヤモヤの中でうろちょろする。
普段から美醜について感じるところのある人にしか理解できない悩みだと思う。
ブスサイドから見ると、どんな良作もなかなかシュールな出来である。

少女漫画で学園の超ドSモテ男が自分に唯一なびかない気の強いヒロインに「お前、面白え女だな」って言ってるのよく見るけど冷静に考えたら自分を好きにならない女＝面白えって思考すごい気持ち悪いね

ブスが死ぬまでに一度は言われたいセリフ

「ちょっと可愛いからって調子乗ってんじゃねーよ！」

◆ふらりと、気が触れて

私ブスなんだけど、この間歌広場の前で30くらい年上のおじさんに「とても綺麗だと思うので遊びませんか?」とナンパされた。丁寧な声掛けがとても嬉しくて一瞬結婚まで考えたが、ただの不審者かもしれない人を早々に恋愛対象に入れた自分の頭が正常じゃないことに気がついてとりあえずダッシュで逃げた

ブスは基本的に自己評価が低く自信がない。さらに恋愛経験があまりない場合、男を見る目が若いうちに養われない。結婚を考え始める年になると焦る。そうなると悪い男にも引っかかりやすい。

私も例に漏れず恋愛に関してはまだ中学生レベルだ。いや、最近の中学生の方がもっとしっかりした恋愛をしているかもしれない。私は人から好意を持たれる

ことはほとんどないいし、もちろん彼氏もいないいし、繁華街で声をかけられるのは飲み屋のキャッチばかりだ。同級生は結婚して子どももいる。私このままで大丈夫かな……と時々不安がよぎる。

ある日、繁華街の歌広場にて一人で気持ちよく歌った後、おじさんに声をかけられた。50~60歳くらいの人だった。普通の人なら「ナンパか」で素通りするところだと思う。でも私はとても丁寧に声をかけて頂いたことや、ほとんどされたことのないナンパをされたことに感動し立ち止まった。

ついていこうかと思ったし、正直そのときは自分のことを綺麗とまで言ってくれた懐の深さに感動し結婚してもいいとさえ思った。だが、夜の繁華街で「遊ぶ」とはどういうことなのだろうとふと思った。考えてみたら怪しい人かもしれないではないか。そもそもめちゃくちゃ年上だし、何かあったとき男性なのだから力では敵わない。私は「すみません」と言って逃げた。恐怖だった。その男性に対してではなく自分自身に。

今までの恋愛経験の少なさや、他人から

寄せられる好意への免疫がないということが短絡的な思考を呼び、自分を身の危険に晒したかもしれないということに。

「怖……。ブス怖……」 そう呟きながら帰った。

こんな私（ブス）にも彼氏がいたことがあるんだけど、すっぴん見られたくなくてカラコン取れなかったり一緒に寝るとき重力に負けた顔がブスすぎるから布団かぶって寝苦しかったり寝顔ブスすぎるから早く起きなきゃと震え上がったり余計なストレスが多すぎて彼氏いらねえってなりました

初めてお泊まりをする間柄の彼氏ができたとき、私は一重のまぶたをしっかり持ち上げてくれる束感のあるつけまつ毛と大きめのカラコンを付けていた。それを外したことのない状態で付き合ったということは、彼氏はつけまつ毛とカラコンというオプションをつけた状態の私を好きになったということだと思っていた。

お泊まりのときはつけまつ毛もカラコンも外さずに寝た。次の日は目が痛くて堪らなかった。それでもすっぴんを見せることは恥ずかしかった。というより怖

かった。

今思うと、**その人が好きで別れたくないからというより、素の自分の顔を他人に見せるという行為自体が嫌だった。**オプションのついた顔を先に見せてしまっているのに落胆されないわけがないと思っていた。彼氏だから当然一緒に寝る。寝顔も重力に負けた顔も見られたくなかった。イチャイチャの延長で顔を見られるのが申し訳ないけど本当にストレスだった。友達なら見ないでと言えば見ないでいてくれるのに「彼氏」というだけで全てを見せないといけない空気が嫌だった。

ほどなくして彼氏と別れた。恋愛感情よりストレスが勝った瞬間だった。好きだったから悲しい気持ちはあったけど、もう誰にも気を遣わなくていいというのが嬉しかった。

私は今も彼氏がいない。長いこといない。でも、コンプレックスを他人に見せるか見せないかを自分で判断できるこの楽な生活が好きだ。彼氏がほしいと思うときもあるけど、正直それによって抱えるストレスを考えると行動を起こす気になれない。まだしばらくは独り身でいい。

「女性は褒めると綺麗になる」って言う男性ってなんで女性が綺麗になったのを自分の言葉によるものと信じて疑わないんだろうね

「可愛くなりたい」と言うと「愛嬌があればモテますよ！　内面磨きから始めましょう！」とか「私はブスだけど結婚できたので顔じゃありませんよ」とか言ってくる人がいるけど、誰も「モテたい」なんて言っていないのになぜだろうといつも疑問に思う。

美醜の話題をすぐ恋愛と絡めて、「女が綺

麗になるのは男性に気に入られるためだ」「男性の言動が女性の美醜に関わっている」と思い込んでいる。

男女問わず、こういう人は一定数いる。この中でも私が一番理解できないのは、「女性は褒めると綺麗になる」と主張する男性だ。まず女性の美醜と男性の言動が直結すると考えているところから意味不明なのに、さらにその対象に自分が含まれると当然のように思っているところがよくわからない。

え、綺麗になったのって当人の努力じゃないんですか？ 褒められたからではなく、女性が自分でお金を使って、自分でそれらを有効活用して結果を出したのでは？「褒められたからモチベーションが上がって努力して変わった」ならまぁわかるんですけど、それを米や野菜みたいに「自分が育て上げました！」とか言わないでほしい。

さらに、女性は好意を持っていない男性からの「外見の評価」をそこまで重要視していない。故に、その言葉によって「努力しよう」と思うかどうかはぶっちゃけ相手次第だ。女性のほとんどは「可愛くなったね」と努力を認めてくれる人の方が好きだろうし、「自分のおかげで」と恩着せがましくアピールする男性のために努力なんてしようとするだろうか。いや、しない。

「男は意外と綺麗な女性より愛嬌のある子を選んだりするものですよ！」とか「私はブスだけど結婚しましたよ！」という励ましをしてくる人、女が整形するのは男に気に入られるためだと信じて疑わないところがすごい

だから、どうしてそうなるんだろう。綺麗になるのは自分のためです。ブスで自信を持てないまま結婚して自分の好きなこともできず他人と同じ墓に入るなんて私は絶対嫌だ。自分のことも認められないうちに他人を愛せるわけがないしそんな自分が家庭を持つなんてできないし、「そのうち本当の幸せがわかるものよ」とかそんなぼんやりしたことを言われても信用できない。**ブスだけど結婚できたからＯＫ～**☆と思えるほど「男性」ってすごいのだろうか。そんな風には思えな

い。

たしかに結婚はできたらいいと思う。でもそれは自分の全てを託すものではない気がする。自分という人間がいて、相手も別の人生を送ってきた人間で、お互いの幸せを共有してもっとハッピー、みたいなことでしょ。不幸でも結婚すれば絶対幸せになれるとかそういう話ではない。他人から一方的に与えられる愛なんて、そんな不確かなものより自分に認められた方がよっぽど嬉しい。

自分に自信を持てるようになれば、一人でも二人でも楽しく生きられる。自分は自分だから絶対に裏切らないし、それこそが確実な愛だと思う。

髪の毛ボサボサ脇毛ボーボーで毛穴開きっぱなしで化粧なんかしたことないおじさんが女に向かって「今日メイク濃くない？笑」とか「○○ちゃんて可愛いよね〜」とか容姿のこと言うの無理だしそれで文句言われたら「下心があるわけじゃないのに自意識過剰」とか言って正当化するのも無理

距離感が測れていない人がやりがちなのが、大して仲良くもない人の外見を評価すること。悪意はないのだろうが、コミュニケーションのつもりで絶妙に不快になる接し方をしてくる。

これが会社の上司だったりすると大変だ。自分は髪の毛のセットもしていないし、もちろんメイクもしていない「自然体」なのに人のことは結構言う。笑って「本当ですか？　気をつけなきゃ〜」とか言おうものならウケたと思って次の日も言ってくる。時に褒めてはくれるが女性にとって「外見の評価をされること」自体不快に思うパターンもあるのだ。勘弁してくれ。頼むから、仕事の話をしてくれ。

でもいざ文句を言われたら、上司はこう言う。「下心があるわけじゃない」「リップサービスだ」「自意識過剰だ」「会話の一環だ」。**いやいや、それはシンプルにコミュニケーションが下手なだけ**。「これを言われて嫌かな」とか、「自分はこれを言えるほどこの人と仲が良い人間かな」とか、人間って何となく考えるものではないだろうか。自分の外見を棚に上げて人の外見を評価することに違和感はないのだろうか。

どんな理由があろうと他人の外見の話題に無造作に踏み込むのは悪いこと。でも、シンプルにコミュニケーションが下手な人は、それを悪気なくやっていてさらに仲良くなっていると勘違いするからどんどんエスカレートしてタチが悪い。さらに、おじさんが頑張って喋っていると思うと「こっちに合わせてくれているつもりなんだろうなぁ」と恨みきれない部分もあるから厄介だ。だから仕事の話をしよう。必要な話だけ。これで誰も悲しまない。

あなたにも私にも選ぶ権利がある

飲み会で「ブスとは付き合えないわｗ」「化粧詐欺も整形もムリｗ」と意気揚々と女性の顔について話す男がいたんだけど、聞いてもいない自分の恋愛観を話す空気の読めなさとか自分の平凡な顔を棚に上げて他人の顔を批評する上から目線とか、全部引っくるめて全国のブスもお前なんか願い下げだよと思った

男女問わず「他人をうるさく評価したがる人間」って一定数いる。たしかに恋人や結婚相手など選ぶ上で各々評価する点はあると思う。「年収1000万以上がいい」「車持ってないと嫌」という経済的なところから始まり、「身長は180㎝以上」「ロングヘアー」など外見的なところまで、その基準は人それぞれでいいと思う。だが、それを偉そうに口に出すのは人間として小さい。

そもそも「ブスとは付き合えない」って何だ。**お前も大した顔してないわ。平凡だわ**。お前みたいな人種がよく言う「上中下」で表すなら「中の下」くらいだわ。たとえイケメンが言ってても感じ悪いけど。「俺何でもハッキリ言っちゃうからさ〜」っていうのを盾にしてこういうこと言う人いるけど普通にそれを口に出せる人間性に問題がある。

そして「化粧詐欺も整形もムリw」ということは「素の美人以外無理」ということですか。いや君がいいならいいと思うんですけどここで言うことですかね。この飲み会に来ている女性は全員化粧をしているんですよ。みんなどうしていいかわからない感じになってるじゃん。

まずお前の恋愛観について誰か質問したっけ? お前は「ブスと付き合えない」と女を評価したけど、同時にお前も評価される立場なんだ。勝手にブスを代表して言うが、ブスからしてもお前は願い下げだ。

◆下手なぐさめはいらないわ

「ブスの方が中身をちゃんと見てくれる人と付き合えるから得」理論全然わからん。他人の性格重視＝良い人とは限らなくない？　「美人は顔目当てのクズがたくさん寄ってくる」って言うけど数こなした方が悪い人間を見極める目を養えるし母数が多い方が良い人に出会える確率上がるに決まってるじゃん

「本当の愛を見つけられるのはブス」理論が本当によくわからない。まず私の経験から言うと、人から非難を受けるほどのブスはどんどん恋愛に臆病になっていく。「自分なんか」という劣等感が募ると、人を好きになったり、好きになられたりすることが怖くなり自ら恋愛から遠ざかっていく。

結果、好きでもないのに「告白してきてくれたから」と相手を選ぶこともできず付き合ってしまったり、劣等感から何でも言うことを聞いて男をクズにしてし

まったりと、失敗する確率が高い。それなら自信を持って相手と向き合い、自分が本当に好きと思う相手と時間を過ごし、数をこなし自分と相性がいい人間を見極める目を養えた方が得だと思う。

加えて相手の問題だが、「中身を好きになってくれる人」が善人である保証などあるのだろうか。「他人の中身は良くないと嫌だが自分の中身はクソな人間」かもしれないではないか。逆に、外見がいいからと付き合ったとしても中身も相性バッチリかもしれないではないか。**どっちみち本心など最初はわからないのだから、それなら母数が多い方が良くないか？**

「ブスも得なことあるよ！」と意気揚々と言ってくる人は多いが、よくよく考えるとおかしなことだらけ。前向きに考えることは素晴らしいと思うが、だいたいちょっと考えればそんなことはないとわかってしまうのでしんどい。

ブスのいいところ

・繁華街でもナンパされないので美人より早く目的地に着く

・心が強く育つ

・合コンに行っても「お持ち帰り」の可能性がないので安心して猫を飼える

1日考えたけどまじでこれしかない

◆お姫様は奴隷を従えて

美人「レポート間に合わない」↓手伝おっか？
ブス「レポート間に合わない」↓頑張れ！
美人「彼氏ほしいな」↓俺とかどう!?
ブス「彼氏ほしいな」↓頑張れ！
ブス遠巻きに応援されがち

美人が得だと思うところはたくさんあるけど、そのうちのひとつは「下心を利用できるところ」だと思う。好意を寄せている人間には皆加勢したくなるものだ。美人の場合は、「助けになってそれをきっかけにあわよくば付き合えれば……」と下心を持って近づいてくる男性も少なくない。「それは本当の愛ではない」と言う人もいるが、嫌なら断ればいいだけの話なので便利屋さんのツテがブスより多くあると思えば得だと思う。

昔付き合いのあった美女が知らない男性の車でよく待ち合わせ場所に来た。「彼氏？」と聞くと「違うよ。ナンパされて断ったけど、車持ってるって言うから連絡先だけ聞いて、外出したいときに呼んで送ってもらってる」と言った。私は目から鱗だった。好意を持っているというだけでここまでするのか。とても失礼だが正直、**「奴隷じゃん」**と思ってしまった。どうでも良い相手を上手く使う彼女は究極の悪女だと思った。でも考えてみれば相手も相手で「付き合えるかも」というワクワクもあるし会えて嬉しいだろうし、そういう点で言えばwin-winの関係だ。「好意を利用する」と言えば聞こえは悪いが、理にかなっているのだと思った。

もちろんブスである私は見知らぬ男性にそのような施しを受けたことはない。「男性に頼れば物事が解決する」という発想もなかった。何の関係もない他人なのだから、「頑張れ！」の一言を貰えればもうそれだけで有難いと思っていた。

でも人間を上手く動かし効率よく動く彼

女の姿は、奴隷をたくさん従えて歩くお姫様のように見えた。

真似したいとは思わないけど、やっぱり美人は得だなぁと思わされた出来事だった。

大学生の頃、バイト先の可愛い女の子が「お金ない」と言うわりに色んな男の子と飲みに行っているので「飲みに行くの減らしたら?」と言ったら「なんで? そしたらご飯食べられなくなるじゃん!」と言われてそのときは???って感じだったけど後からその意味がわかって自分とは世界が違うことを再認識した

第3章

未来は私が決める

やっぱり、守られるお姫様になんてなりたくない。私の世界には手を引いて幸せに導いてくれる王子様も一瞬で美女になれる魔法もいらない。どんなに汚れようと、強くしぶとく生きて自分自身の手で自分を幸せにしてあげたい。未来を決めるのは私だ。

ポジティブスになる方法

数日間鏡を見ない↓その間自分を実物以上にブスだと思い込む↓数日後鏡を見る↓「え!?　想像より可愛い！！！」↓自信がつく↓ちょっとハッピー

定期的にどうぞ。ちなみに逆バージョンで美人になる妄想をすると現実とのギャップで死にます

私はブスなことがコンプレックスだ。時々本当に生きることが嫌になるし、何度も「顔というパーツがなければ幸せになれたかもしれないのに」と思い泣いた。

そんな苦悩の人生で、ストレスが少し緩和される方法を編み出したので、ブスで悩んでいる人に是非おすすめしたい。まず部屋の鏡を全て取り払う。朝の準備には小さい鏡を使い、自分の顔の全体像を見ないようにする。外ではガラスなどに不意に映る自分の姿も見ないように気をつける。サングラスなどで視界を悪く

しても良いが安全面には気をつけよう。それを数日続け、その間あえて「自分はブスだ」「いや、むしろゴキブリだ」と思い込む。やりすぎると思い詰めてさらにうつ状態になってしまう可能性があるので、ギリギリのところを攻める。数日後、鏡を見るとそこには意外にも普通の姿をした自分が。

「あれ？　人間じゃん」と拍子抜けする。思っていたよりひどくない。ちょっと嬉しい。この方法で重要なのは、鏡を見ない数日間の追い込みだ。その間はうつになるが、鏡を見て自分の顔と向かい合い「やっぱりブスだ」と絶望することはないので正直ストレスの度合いはどっこいだ。

これで何か現状が変わるのかと言われると全くそんなことはないのだが、なんとなく楽になるのでたまにやっている。

どーしても自分の顔が嫌な日は「まあ私前世はゴキブリだったし人間1周目にしては人間寄りの顔に生まれてきたよな上等上等」って前世の記憶を捏造《ねつぞう》すると気持ちが楽になるので試してみてください

こちらもブスのストレスが緩和される方法。「ゴキブリ」の部分はアレンジを加えるといい。例えば鼻の穴が見えているのがコンプレックスなら、「前世はゴリラでほぼ全部見えていたのに、今世は半分くらいしか見えてないから嬉しいな」とか、目が小さいのがコンプレックスなら「前世はウミガメであんなにまぶたも腫れぼったかったのに、今は眼球が結構見えてるから上等だな」とか。

あり得ない話でも、思い込むとなんだか本当にそうだった気がしてくるから脳みそって単純だ。今の人生の方が恵まれている。そう考えると気分が高揚してくる。**まったく想像できないと言う人には申し訳ない**。でも、

いつも下を向いているよりはこうして捏造してでも前向きになった方が有意義だ。

別に前世の記憶でなくてもいい。「もしかしたら将来はすごい美人になっているかも」とか、未来の話でもいい。思うだけならタダなのだ。だから、今容姿に悩んでいる人にもどんどん妄想力を磨いてほしい。

世間はブスに厳しくて、時には心ない言葉に傷ついてしまうかもしれない。理不尽に受けたその傷を癒す手段はなんでもいい。心の中ではどんな気持ち悪いことも、悪いことも考えていい。

私が提案したこの方法も、「何それ」と笑われてしまうかもしれない。でも、こんな突拍子もないことでも、自分が前を向ける手段のひとつだ。どんどん捏造しよう。でも周りに言うと気持ち悪がられるかもしれないので気をつけて。

美人はおごってもらえるとかモテるとかいろいろ得なことはあるんだろうけど私らブスはそんなの求めてなくて「普通に」扱ってほしいだけなんだよ。道端で顔の悪口

を言われない、好きな服を着られる、好きなメイクができる。これがどんなに幸せなことか普通以上の人たちは知らないでしょ

ブスは不利だよ。美人よりできることが圧倒的に少ない。でも不利なだけ。そこを努力で埋められれば勝ち組だよ。頑張ろうぜ、全国のブスども。不平等なこの世の中に物申してやろうぜ

ブスがめちゃくちゃ不利だということはここまで読んでよくわかったと思う。じゃあブスはどう生きたらいいのかというと、**足掻くしかない**。

理不尽に叩かれ、道端で暴言を吐かれ、自分の写真をインターネットにアップしただけでまとめられ、そんな世の中でも、足掻くしかない。手段はなんでもいい。メイクでもダイエットでも整形でも、キャリアアップでも、インターネット

で有名人になってもいい。他人より頑張れるものを持つことが大切だ。

ブスは不利だ。好きな服を着るだけで叩かれる。でも、法律で禁止されているわけじゃない。「生まれつきのブスには人権がない」と国が認定したわけでもない。世間のあたりが強すぎるというだけで、やろうと思えばできるのだ。だとしたら、

人の倍頑張ってマイナスの部分を埋めたらいいだけだ。

簡単に言うがこれはかなり大変。頑張る姿すら「ブスのくせに」だとか「無駄」だとか、笑うような人が世の中には溢れている。「美人に生まれていればこんなことしなくてよかったのに」「こんなこと言われなくてよかったのに」と苦しむ場面が絶対に出てくる。そういうときは私のように愚痴りまくれ。「ブスを責める世の中が悪い」と人のせいにしまくれ。だってその通りなんだから。

特定の誰かを傷つけなければ、どんどん愚痴を言っていい。マイナスな感情を

全てその愚痴にぶつけて、それを置いて行く気で努力する。周りに卑屈な人間だと思われても、最終的に自分自身をちゃんと認めてあげられれば勝ち組なのだ。途中経過なんてどうでもいいから、最後にはちゃんと幸せになろう。

髪の毛切ろうかな〜と言った女性に対して周りの女性が「いいじゃん！　切りなよ！」と勧めるのは女性的魅力である髪の毛を他人に減らさせることで相対的に自分が秀でたものになることを本能レベルで植え付けられてるからと聞いてエモいがとまらない最高

私は人が時折見せる「人間の闇」に触れたとき、たまらなく「エモい」と感じる。完璧に見えた人間の不完全な部分が見えたとき、人間臭さが見えたとき、「自分と同じ人間なんだ」と興奮する。

日常生活で、私は年中鼻毛が出ているような気がするのに、あの可愛い子は気にする素振りも見せない。私の目は蒙古襞《もうこひだ》が張っているので高確率で目やにがついているのに、あの子の目頭は綺麗に切れ込んでいてアイシャドウが輝いている。

私が「死にたい」と呟く間にスマホで「可愛い〜」とパンケーキを撮っている。

……**なんか完璧すぎないか？**　もしかして私とは別の生物なんだろうか。そんなことを考えていたある日、テレビで「女性が髪の毛を切ることを他の女性に勧める心理」を解説していた。たしかに誰かが髪を切ろうか悩んでいると、皆「似合うと思う」と賛同するな、とぼやっと考えながらそれを見ていた。

「女性的魅力である髪の毛を他人に減らさせることで相対的に自分が秀でたものになること」を本能で植え付けられている……？　ということは、あんなに仲良くしていた「友達同士」も本能では争っているということ……？　秀でた存在になろうと日々仲間を出し抜いてやろうとしているということ……？　私自身も「男性などどうでもいい」と言いながら本能では「女として生きる」ことをインプットされているということ……？　**エモい**。最高だ。この矛盾が人間臭い。人間臭さの呪縛。みんな人間で、闇もあって、闘争本能があって、毛も生える。皆一緒だ。

皮を一枚剥がせばみんな一緒なんだ。

メイクが下手な人はダメ、上手すぎてもすっぴんとの差が見るに耐えないからダメ、年相応の服を着ないとダメ、特殊な服を着ちゃダメ、自信満々なのはダメ、卑屈になってもダメ、写真は加工しちゃダメ、整形もダメ、ブスもダメ、太ってもダメ、ガリガリもダメ。どうすりゃいいんだよ

まじでどうすりゃいいんだよ。全部努力のつもりでやってたことが、「必死でキモい」とか「方向が間違ってる」とか好き勝手言って、結局どう転んだところで認める気はないくせに。

アイドルが太ったら「激太りした」「アイドルなんだから体重管理しっかりしろよ」と叩き、激痩せすれば「女らしくない」「少し太ってるくらいの方が良いのにわかってない」「ガリガリで気持ち悪い」と叩く。

ブスが化粧を学んで大変身すれば「女って怖い」「これだから信用できない」と詐欺師のように扱い、整形すれば「親からもらった体に」と尤《もっと》もらしく自分の価値観を押し付け責める。そしてそれに反論すれば「外見ばかりに固執しているからだめなんだ」「非難されて怒るなんて努力が足りない証拠だ」「自信があるなら人の意見など気にならないはず」などとトンデモ理論を持ち出し、論点をずらされる。

シンデレラ体形の素の美人以外は生きてはいけないのか？　ブスには生きる権利がないのか？　ブスは何をしても他人からチクチク嫌味を言われて、それでも平然としていないといけないのか？

蓋を開けてみればそんな嫌味を言う人も他人の容姿を非難できるような人間じゃない場合がほとんど。平々凡々な冴えない中身と外見で、他人の努力を笑っている。少し離れたところから、「自分はあくまで自分の意見を言っただけ」って顔をしてコソコソ隠れて悪口言って優位に立った気になって、私たちがいざ怒ったら「他人に言われたことなんか気にしてもしょうがないじゃん」と常識人のような顔をする。

そうだよ。他人だから。だからこそ、認めてくれなくても良いから黙っててよ。どうせお前の家族になる未来もないし友達になることもないから。迷惑かけないから。人の努力に水を差さないで。

他人「そんなに整形して何がしたいんですか？　人の美しさは所作、姿勢、性格などで変わります。内面を磨くことで外見も自然と良くなるんですよ」

私「ヘェ〜（棒）」終

ブスは立場が弱いと思われているからか説教をされがちだ。不快なので、基本的に顔に関連した説教話は聞かないようにしている。ブスに説教するのはさぞかし気持ち良いだろう。「どうしてブスになるのか」なんて誰にもわからないことなので、言いようによって相手が悪いことに出来るから便利だなと思う。

「内面を磨くことで外見も自然と良くなる」なんて根拠のない話だ。でもこれに反論しようものなら、「ほら、そうやって他人の意見を受けいれられない性格の悪さが顔に出ているんです」と言われることは目に見えている。だからブスは反論できないし、「はい、そうですね」と言う他ない。だから真面目に聞かない。これでもしっかり聞いた方だろう。**鼻くそほじりながら「へぇ〜」と棒読みで終了。**他人が気持ち良くなるための説教に付き合ってあげたのだからこれでも感謝してほしい。

本当は「所作と姿勢と性格は良いんですけどなんで顔は悪いんですかね？」「私のことを知らないのに何で所作も姿勢も性格も悪いと思ったんですか？」「所作と姿勢と性格を変えたら今一重の人がぱっちり二重になるんですか？」「逆に本当にそう思ってます？」「根拠は何ですか？　ソースを出してください」と詰めたい気持ちだが、結局ブスなことが相手にとっては有利に働くので言わない。

お節介。その一言だ。善意だとしてもそんな根拠のないアドバイスはありがた迷惑だし、私を使って自分良いこと言ってるなぁって気持ち良くなれて良かったね、という感じである。

◆王子様なんかいらない

彼氏に依存して泣いてる子たくさんいるけどさ、他人はあくまで他人で自分の人生を託すものじゃないよ。人任せはもうやめよう。他人に与えられる幸せなんて価値ないよ

よく「彼氏がいないと生きていけない」タイプの女を見る。彼女たちは、彼氏に認められて初めて自分に価値を見出せるらしい。友達にもいるが、「彼氏に怒られた」と泣いて電話してくるときは明日地球が滅びるのではないかというくらい絶望的な声をしているし、「彼氏と旅行に行く」というときは相当嬉しいのか自分の利用しているSNS全てに書く。彼氏とケンカした日には鍵アカにして、仲直りしたら公開して写メを載せて、なかなか感情の波が激しい。

人を好きになることは理屈ではないし好きな気持ちはとても素晴らしいと思う。だが、自分を見失いすぎてはいないだろうか。明日いなくなるかもしれない他人に感情の全てを任せるのは危険ではないだろうか。

私は、絶対に裏切らず信じられるのは自分だけだから他人は＋αの娯楽と考えている。自分の人生は自分のもの。たとえ大好きな彼氏だったとしても、その人にはその人の人生があるしそれが脅かされたときには切られる可能性もある。そんな不確かなものに自分の人生を託すなんて怖すぎると思ってしまう。

他人に与えられる愛はとても脆くて、絶対的なものではない。依存するのは簡単。でも、自分が潰れないために、リスクを分散させておかないといけない。

その人が全てではいけない。他人が全てではいけない。

その人がいなくなっても変わらず自分として生きられるように好きなものを増やしておこう。

整形で顔面つぎはぎの女の子も自撮り加工しすぎて背景歪んでる女の子もすっぴんと化粧後の顔が別人の女の子も、みんなみんな可愛いよ。どこかの誰かが勝手につけた評価や順位に惑わされないで

SNSで人の外見を貶す人をよく見る。毎日毎日、数え切れないほど。整形した人に対して「整形しすぎて気持ち悪い」とか、自撮りを載せている子に対して「加工しすぎ」とか、「化粧濃い」とか。「よくこんなに知らない人に対して突っかかれるな」と感心するほどだ。

私も昔、友達が悪気なく載せた写真で誹謗中傷をされたことがあるが、「知らない人からの評価」って意外と重くのしかかるものだ。「**私って、私を知らない**

人から見てもやっぱりブスなんだ」と思った。悲しかった。

でも、今思えば敵意を誰かにぶつけてやろうとインターネットをウロウロしている人ってたくさんいる。そんな評価に惑わされる必要はなかった。叩く対象がたまたま私だったということと、私がその人の好みとは違ったというだけ。リアルでもそうだ。一人に外見を非難されてもそれはその人が「主観で勝手に評価してきた」だけだ。

偉そうなことを言ったが、私自身未だに人の評価に踊らされて悩むことはある。隣の子が「可愛い」と言われていれば羨ましくなるし「ブス」と言われれば悲しい。でも、自分自身のことを100％わかっているのは自分だけ。だから、一番認められたいのは揺るぎない自分。自分から離れていく可能性のある他人より、自分から離れられない自分を味方につければ最強なのだ。だから、

最終的な目標を「他人に認められること」にしてはいけない。

ＳＮＳの普及によって心ない言葉をぶつけてくる人も多いけど、それに惑わされすぎず、一人ひとりに自分だけの可愛さを貫いてほしい、自分のことを認めてあげてほしいと心から思う。

苦しみの最中にいるとまるで自分だけが不幸なように見える。周りはみんな笑顔で満たされていて、自分だけが世界から否定されているように感じる。でもそうじゃない。大なり小なり差はあれど、みんな何かと戦ってる。大丈夫。みんな同じ

人に何か言われるのが怖くて人生諦めるの？ 他人のために嫌いな姿で生きるの？ 自分が好きな自分になってそいつら嘲笑《あざわら》ってやろうよ

私は今までこの外見のせいで本当に色々我慢してきた。「ブスのくせに」だとか勘違いだとか言われるのが怖くて、好きな服が着れなかったり好きなメイクができなかったりした。

でもとあるときに気がついた。「勘違い」とか「ブスのくせに」とか暴言を吐いてくるのは、私のことを何も知らない他人だけだって。周りの友達や家族はそんなことを言ったりしない。むしろ私のことを褒めてくれる。私はそんな身近で大切な人たちの言葉より他人の言葉の方を聞いていたんだ、と思った。

もっと言えば、自分が一番大切だったのに、自分がしたかったことを他人の言葉によって抑えていた。世の中は常に理不尽で冷たく、暴言を吐いてくる。その言葉を聞きすぎて自分を愛してあげられなかった。「客観的に見ることが大切」とかいう言葉に踊らされていた。世の中が悪かったんだ。私が悪いんじゃない。

世の中が求めた自分の姿を、自分も愛せるとは限らない。だから自分の好きなものを好きなだけ。それでいい。他人の声に沿って歩く必要はない。さらに他人に言われてその姿になったところで、きっとまたどこか欠点を指摘してくる。不完全は終わらない。それが世の中なのだ。

ピリオドを打てるのは、体を持っている自分自身しかいない。文句を言ってくる奴らの声は時にうるさく、時に正論かのように聞こえる。だが、自分が思うように生きることがきっと一番正しい。周りからの声はただの「意見」だ。選択肢はこちらにある。外見のことならなおさら、正解などないのだから自分の好きな自分になったらいい。それが正解だ。

「年相応に生きる」も行きすぎるとアホらしいよね。この服は年だから着ちゃダメとか、派手なメイクは学生までとか。これからの人生で今が一番若いんだよ。服は着たい今が着るとき。メイクもしたい今がするとき。こうしてる間も死に向かってるんだもん。好きなものに囲まれて好きな自分で死にたいじゃん

私は昔から顔にコンプレックスを抱えながらも、可愛いものが大好きだった。ずっと可愛い服が着たかった。ピンクのアイシャドウがしたかった。でも周りに何かを言われることが怖くてずっと我慢していたら、いつの間にか大人になっていた。今になって、時間の大切さに気づく。周りを気にして自分を抑えて着たくもない服を着てしたくもないメイクをしてきた自分の愚かさに気づく。私たちは今も一秒ずつ限られた時間を消費していて、この瞬間、一番好きなものを選び取

らなくてはならなかったんだ。「自分の好きな自分」を死に向かって完成させなければならなかったんだ。

そんなことに気がついたのは最近で、大人になった今、次は年齢の壁が立ちふさがった。昔好きだったけど身に着けられなかったピンクの服を着たら、「おばさんなんだから年相応のものを着なよ」と言われた。昔は顔がダメだからと言ったのに、次は年齢を引き合いに出された。結局、何をしても非難されるのだから、好きに生きるのが正解だったと悟った。

たしかに私たちは老いていく。「年相応に生きる」ことは老いていく自分をより輝かせることも往々にしてある。でも、それは他人が強要するものではないし、「そうしなければならない」と自制すべきものでもない。年齢や外見を引き合いに出して非難する側がおかしい。年を重ねて、「落ち着きたいな」と思ったら落ち着けばいいのだ。

ずっと派手な色が好きでもいいし、逆に幼

いけど地味な色が好きでもいい。

それぞれがそれぞれの好きな自分を80年という短い期間で作り上げて死んでいくことが、一人の人間として素晴らしく、美しく生きたということだと思う。

周りにいくら変だとか努力が痛々しいとか言われても、「自分が可愛いと思える自分になる」ことに命をかけたい

ここまで散々ブスであることを嘆いてきたけれど、立ち止まっているだけでは進めないことはわかっている。だからこうして愚痴を吐きながらも、ちゃんと努力をすることは諦めないと心に決めている。自分の好きな自分で死にたい。その一心で。

でも、「ブスのくせに」と努力することすら許さない人間がいる。私自身、メイクを勉強してもダイエットをしても「ブスなんだから無駄だよ」と言われ、心

が折れそうになることが何度もあった。たしかに努力をしたところで元からの美人には敵わない。石ころから宝石になることは到底できない。皆が「無駄だ」と笑うのも理解できるから、だからこそ辛かった。でも、ブスのまま人生を終えるのも嫌だった。というより、

自分の嫌いな姿のまま死ぬのが嫌だった。自分を一生認めてあげられないまま死ぬのが嫌だった。

しかも自分を非難するような他人のために。努力を踏みにじる他人のために自分を磨くことをやめるのが嫌だった。

私は、努力し続けることを決意した。「自分が可愛いと思える自分」になるためならどんなに他人からみっともなく見えても痛々しいと思われてもいいと思った。でも、それを口に出して言われ続けるのは悔しいし悲しいから、前に進むために「愚痴を吐くこと」は自分の中でOKにすることにした。自分に甘く厳しく、飴と鞭を使い分けて、「自分の好きな自分」「自分が可愛いと思える自分」「自分

が認められる自分」を作ることに命をかけたい。

どうせ死んだら何も残らないのだから、せめてこの数十年のうちだけは、自分の好きな自分でありたい。死ぬ前に一度でいいから、「私って最高に可愛いな」と思いたい。

おわりに

著者のとどろんです。この本を手に取って下さって本当にありがとうございます。楽しんで頂けたでしょうか。

私は普段TwitterやYouTubeで活動しているクリエイターです。この本に書いたような「ブスゆえの苦悩」を様々な形で発信し、時には笑いとして、時には怒りとして、感情を皆様と共有することを楽しみに生きています。私が活動を始めたのは２０１８年の11月。最初はただの気まぐれで、「ブスあるある」をTwitterに投稿しました。すると予想以上の反響があり、15万以上のいいねがつきました。そこからTwitterでの活動を続け、翌年2月にはYouTubeを始め、今現在は夢だった「本を書くこと」にまでこうして手が届きました。皆様のおかげです。本当にありがとうございます。

この本は実際に私がTwitterに投稿したツイートを題材にして書き下ろしたものです。ツイートの１４０字という枠を超え、自分が言いたかったこと、ツイートでは伝わりきらなかったこと、それに関連したエピソードなど、思いの丈《たけ》を全てこの本に書きました。ここまで長い文章を書くのは初めてで不安もありましたが、自分と同じように外見にコンプレックスを持っている人全員に届いてほしい、そんな想いで筆を進めました。

「幸せになりたい」という願いは誰しもが持っていると思います。ですがその道程で、他人の言葉に惑わされたり、自分を否定してしまったりする苦難が必ずあります。外見にコンプレックスを持っているとなおさらそれが重く足を引っ張ってしまいます。でもそんなときはこの本を思い出して、「私を苦しませる世間が悪い！　私は悪くない！」くらい、強気でいてほしいと思います。私は、特定の誰かを傷つけなければどれだけ毒を吐いてもいいと思っています。そして悪い感情をその場に置き去りにするようにして、負の感情を前向きなエネルギーに変えてほしい。この本を思い出して、「好きな自分」を目指してほしい。毒も吐けず苦しんで、大衆に良く思われようと黙って泣くよりマシです。周りからどんなに卑屈な人間に見えようと、関係ありません。自分が幸せに向かって歩いていると実感できていればそれで大丈夫です。

この世に魔法はありません。王子様も存在しません。男はただの男で、ただ一人自分を愛してくれる保証などどこにもありません。自分で自分を幸せにすることが「一番確実に幸せになれる方法」です。他人に依存することの多い世の中だからこそ、このことに気がついて一人でも多くの人に幸せになってほしい。そんな想いで、「未来を決めるのは私だから王子様も魔法もいらない」というタイトルをつけました。この本を手に取ってくれて本当にありがとう。幸せになるために、一緒に頑張ろうね。

とどろん

撮影　前康輔

モデル　由布菜月

スタイリスト　南拓子

ヘアメイク　萩村千紗子

ブックデザイン　渋井史生(PANKEY)

マネージメント　株式会社VAZ

DTP　アーティザンカンパニー

とどろん

Twitterアカウント：
@todoron_sk

TwitterとYouTubeに
突如現れ、
コンプレックスを
抱える人々から
共感がとまらないと
話題に。

性別：女
年齢：不明
生年月日：不明
出身地：不明

未来《みらい》を決《き》めるのは私《わたし》だから
王子様《おうじさま》も魔法《まほう》もいらない

2019年7月31日　初版発行
2019年8月 5 日　再版発行

著者／とどろん

発行者／郡司 聡

発行／株式会社KADOKAWA
〒102-8177　東京都千代田区富士見2-13-3
電話 0570-002-301(ナビダイヤル)

印刷・製本／大日本印刷株式会社

●お問い合わせ
https://www.kadokawa.co.jp/(「お問い合わせ」へお進みください)
※内容によっては、お答えできない場合があります。
※サポートは日本国内のみとさせていただきます。
※Japanese text only

定価はカバーに表示してあります。

ISBN978-4-04-108541-7 C0076